圖書在版編目（CIP）數據

十一家注孫子 /（漢）曹操（唐）杜牧等注 . -- 北京：
國家圖書館出版社，2015.1
ISBN 978-7-5013-5479-5

Ⅰ . ①十… Ⅱ . ①曹… ②杜… Ⅲ . ①兵法 – 中國 – 春秋時代
②《孫子兵法》—注釋 Ⅳ . ① E892.25

中國版本圖書館 CIP 數據核字（2014）第 241035 號

ISBN 978-7-5013-5479-5

9 787501 354795 >

書　　名　十一家注孫子（全六冊）
著　　者　（漢）曹操（唐）杜牧等 注
責任編輯　王燕來
出　　版　國家圖書館出版社（100034 北京市西城區文津街 7 號）
　　　　　（原書目文獻出版社　北京圖書館出版社）
發　　行　010-66114536　66126153　66151313　66175620
　　　　　66121706（傳真）　66126156（門市部）
E-mail：　btsfxb@nlc.gov.cn（郵購）
Website：　www.nlcpress.com（投稿中心）
經　　銷　新華書店
印　　裝　北京奧美彩色印務有限公司
版　　次　2015 年 1 月第 1 版第 1 次印刷
開　　本　790 × 1300（毫米）1/ 16
印　　張　25
書　　號　ISBN 978-7-5013-5479-5
定　　價　1280 圓

（漢）曹操（唐）杜牧等注

十一家注孫子

一

國家圖書館出版社

影印宋本《十一家注孫子》序

李致忠

《十一家注孫子》三卷，（漢）曹操、（唐）杜牧等注。《十家注孫子遺說》一卷，（宋）鄭友賢撰。宋刻本。每半葉八行，行十七字，小字雙行，行二十六字。《遺說》每半葉十一行，行二十字，小字雙行同，白口，左右雙邊。

所謂十一家者，指漢代曹操，唐代孟氏、李筌、賈林、杜佑、杜牧、陳皞，宋代王晳、梅堯臣、張預、何氏，凡十一家。并未達到歐陽文忠公撰四庫書目時所說的二十餘家。

曹操（一五五—二二〇）一名吉利，字孟德，沛國譙郡（今安徽亳州）人。其所注《孫子》，簡要而質切，多得《孫子》本旨。且自己御軍三十年，有實戰經驗，對《孫子》原意有深切體會，故注疏精審，對原意猶有所發揮，故爲後世所推重。然《漢書·藝文志》著録《孫子兵法》八十二篇，曹操所注僅十三篇，蓋擇其所切要者。

李筌，唐朝人，里貫事跡不詳。認爲曹操所解《孫子》多誤，故『約歷代史，依《遁甲》注成三卷』（晁公武《郡齋讀書志》卷十四）。

杜牧（八〇三—八五三）字牧之，京兆萬年（今陝西西安）人。杜佑孫。大和二年（八二八）登進士第。家富藏書，少小博覽群籍，於治亂興亡之跡、財富兵甲之事、地形險要遠近、古人長短得失，尤爲留意。他以爲『曹公所注解，十不釋一，蓋惜其所得自爲新書爾，因備注之』（晁公武《郡齋讀書志》卷十四）。所注疏闊宏博，廣徵戰史以爲參證，對《孫子》本旨多所發明。然牧乃詞章之士，才情有餘，而學力不足，加之缺乏實戰經驗，難有深切體會，故其所注之失往往有之。

陳皞亦晚唐人。晁公武《郡齋讀書志》云：『陳皞以曹公注隱微，杜牧注闊疏，重爲之注云。』并與曹注、杜注號稱『三家』，實則成就遠不逮杜注。

梅堯臣字聖俞，北宋宣州宣城人。與歐陽修同時，并爲詩友。其注《孫子》雖遠不如曹注深微，杜注詳實，但不失簡切嚴整，堪稱佳作，爲歐陽文忠公所推許。

張預字公立，南宋東光人。嘗撰《十七史百將傳》。其注《孫子》徵引戰史而不顯繁蕪，辨微索隱而不覺詭譎。明易暢達，成就不在梅注之下。

鄭友賢，生平里貫不詳。其於《十家注孫子遺說序》中曰：『十三篇之法，如五聲五色之變，惟詳其耳目之所聞見，而不能悉其所以爲變之妙，是則武之意不得謂盡於十家之注也。』又曰：『頃因餘暇，撫武之微旨，而出於十家之不解者，略有數十事，托或者之問，具其應答之義，名曰《十注遺說》。』因知鄭友賢亦非不諳兵法的文弱書生，所撰《遺說》於《孫子兵法》之闡釋與傳播亦有所裨益。南宋鄭樵《通志·藝文略》『兵家兵書』著録『《孫子遺說》一卷，鄭友賢撰』。知《遺說》之成書蓋不晚於南宋高宗一朝。

《漢書·藝文志·兵書略》總序曰：『兵家者，蓋出古司馬之職，王官之武備也。』《論語·顏淵》子貢問政，子曰：『足食足兵，民信之矣。』又在《孔子家語》中說：『有文事者，必有武備；有武事者，必有文備。』足見古聖先賢歷來重視文武兼修之道。《孫子》乃兵家代表作品，自魏武以降，注家蜂起，既探幽發微，又發揮己見，爲後世留下一筆豐厚的軍事財富。

宋本《十一家注孫子》卷前有『十一家注孫子目録』，首列《孫子本傳》，次列上中下三卷篇目。今《孫子本傳》與《孫子遺說》合訂一冊。《遺說》卷末有『承德堂』朱色白文牌記。書內『慎』字兩見，皆缺末筆；而『廓』字一見，不缺末筆；且書中未見光宗趙惇名諱及嫌名諱，表明此書之刻當在南宋孝宗趙昚臨御之後，寧宗趙擴稱帝之前。傅增湘《藏園群書經眼録》卷七子部兵家類著録此書，并曰：『此書邃雅齋自陝西人家收得之，余以《道藏》本校《遺說》，改字極少。』北京琉璃廠邃雅齋開張於民國十四年（一九二五），主人董金榜。民國十八年（一九二九），董氏從陝西購得宋本《十一家注孫子》。民國二十年（一九三一），天津周叔弢通過王晉卿購得此書，入藏自莊嚴堪，今藏中國國家圖書館。此本鈐有『鍾溪鑒賞』『高山流水』『周暹』等印記。卷首所鈐『岳飛之章』『戎馬書生』，蓋僞。

二〇一四年十二月

十一家註孫子卷上

計篇

曹操曰計者選將量敵度地料卒遠近險易計於廟堂也○李筌曰計者兵之上也太一遁甲先以計神加德宮以斷主客成敗故孫子論兵亦以計爲篇首○杜牧曰計筭也曰計筭何事曰下之五事所謂道天地將法也於廟堂之上先以彼我之五事計筭優劣然後定勝負勝負既定然後興師動衆用兵之道莫先此五事故著爲篇首耳○王晳曰計者謂計主將天地法令兵衆士卒賞罰也○張預曰管子曰計先定於內而後兵出境故用兵之道以計爲首也或曰兵貴臨敵制宜曹公謂計於廟堂者何也曰將之賢愚敵之強弱地之遠近兵之衆寡安得不先計之及乎兩軍相臨變動相應則在於將之所裁非可以愉度也

孫子曰兵者國之大事 杜牧曰傳曰國之大事在祀與戎○張預曰國之安危在兵故講武練兵實先務也 死生之地存亡之道不可不察也 李筌曰兵者凶器死生存亡繫於此矣是以重之恐人輕行者也○杜牧曰國之存亡人之死生皆由於兵故須審察也○賈林曰地猶所也亦謂陳師振旅戰陳之地得其利則生失其便則死故曰死生之地道者權機立勝之道得之則存失之則亡故曰不可不察也書曰有存道者輔而固之有亡道者推而亡之○梅堯臣曰地有死生之勢戰有存亡之道○王晳曰兵舉則死生存亡繫之○張預曰民之死生兆於此則國之存亡見於彼然死生曰地存亡曰道者以死生在勝負之地而存亡繫得失之道也得不重慎審察乎 故經之以五事校之以計而索其情 曹操曰謂下五事七計求彼我之情也○李筌曰謂下五事也校量也量計遠近而求物情以應敵○杜牧曰經者經度也五者即下所謂五事也校者校量也計者即篇首計筭也索者搜索也情者彼我之情也此言先須經度五事之優劣次復校量計筭之得失然後始可搜索彼我勝負之情狀○賈林曰校量彼我

之計謀搜索兩軍之情實則長短可知勝負易見○梅堯臣曰經紀五事校定計利○王晳曰經常也又經緯也計者謂下七計索盡也兵之大經不出道天地將法耳就而校之以七計然後能盡彼己勝負之情狀也○張預曰經經緯也上先經緯五事之次序下乃用五事以校計彼我之優劣探索勝負之情狀

一曰道張預曰恩信使民二曰天張預曰上順天時三曰地張預曰下知地利四曰將張預曰委任賢能五曰法杜牧曰此之謂五事也○王晳曰此經之五事也夫用兵之道人和為本天時與地利則其助也三者具然後議舉兵兵舉必須將能將能然後法修孫子所次此之謂矣○張預曰節制嚴明夫將與法在五事之末者凡舉兵伐罪廟堂之上先察恩信之厚薄後度天時之逆順次審地形之險易三者已熟然後命將征之兵既出境則法令一從於將此其次序也

道者令民與上同意也張預曰以恩信道義撫衆則三軍一心樂為其用易曰悅以犯難民忘其死

故可以與之死可以與之生而不畏危曹操曰謂道之以教令危者危疑也○李筌曰危亡也以道理衆人自化之得其同用何亡之有○杜牧曰道者仁義也李斯問兵於荀卿答曰彼仁義者所以修政者也政修則民親其上樂其君輕為之死復對趙孝成王論兵曰百將一心三軍同力臣之於君也下之於上也若子之事父弟之事兄若手臂之捍頭目而覆胷臆也如此始可令與上下同意死生同致不畏懼於危疑也○陳皡註同杜牧○孟氏曰一作人不疑謂始終無二志也一作人不危道謂道之以政令齊之以禮教故能化服士民與上下同心也故用兵之妙以權術為道大道廢而有法法廢而有權權廢而有勢勢廢而有術術廢而有數大道淪替人情訛偽非以權數而取之則不得其欲也故其權術之道使民上下同進趨共愛憎一利害故人心歸於德得人之力無私之至也故百萬之衆其心如一可與俱同死力動而不至危亡也臣之於君下之於上若子之事父弟之事兄若手臂之捍頭目而覆胷臆也如此始可與上同意死生同致不畏懼於危疑○賈林曰將能以道為心與人同利共患則士卒服自然心與上者

同也使士卒懷我如父毋視敵如仇讎者非道不能也黃石公云得道者昌失道者亡○杜佑曰謂道之以政令齊之以禮教也危者[illegible]也上有仁施下能致命也故與處存亡之難不畏傾危之敗若晉陽之圍沈竈產蛙人無叛疑心矣○梅堯臣曰危戾也主有道則政教行人心同則危戾去故主安與安主危與危○王晳曰道謂主有道能得民心也夫得民之心者所以得死力也得死力者所以濟患難也易曰悅以犯難民忘其死如是則安畏危難之事乎○張預曰危疑也士卒感恩死生存亡與上同之決然無所疑懼

天者陰陽寒暑時制也

曹操曰順天行誅因陰陽四時之制故司馬法曰冬夏不興師所以兼愛民也○李筌曰應天順人因時制敵○杜牧曰陰陽者五行刑德向背之類是也今五緯行止最可據驗巫咸甘氏石氏唐蒙史墨梓慎裨竈之徒皆有著述咸稱秘奧察其指歸皆本人事準星經曰歲星所在之分不可攻攻之反受其殃也左傳昭三十二年夏吳伐越始用師於越史墨曰不及四十年越其有吳乎越得歲而吳伐之必受其凶註曰存亡之數不過三紀歲月三周三十六歲故曰不及四十年也

此年歲在星紀星紀吳分也歲星所在其國有福吳先用兵故反受其殃哀二十二年越滅吳至此三十八歲也李淳風曰天下誅秦歲星聚於東井秦政暴虐失歲星仁和之理違歲星恭肅之道拒諫信讒是故胡亥終於滅亡復曰歲星清明潤澤所在之國分大吉君令合於時則歲星光喜年豐人安君尚暴虐令人不便則歲星色芒角而怒則兵起由此言之歲星所在或有福德或有災祥豈不皆本於人事乎夫吳越之君德均勢敵闔閭興師志於吞滅非為拯民故歲星福越而禍吳秦之殘酷天下誅之上合天意故歲星禍秦而祚漢熒惑罰星也宋景公出一善言熒惑退移三舍而延二十七年以此推之歲為善星不福無道火為罰星不罰有德舉此二者其他可知況所臨之分隨其政化之善惡各變其本色芒角大小隨為禍福各隨時而占之淳風曰夫形器著於下精象係於上近取之身耳目為肝腎之用鼻口實心腹所資彼此影響豈不然歟易曰在天成象在地成形變化見矣蓋本於人事而已矣刑德向背之說尤不足信夫刑德天官之陳背水陳者為絕紀向山坂陳者為廢軍武王伐紂背濟水向山坂而陳以二萬二千五百人擊紂之億萬而滅之今可目

睹首國家自元和已至今三十年間凡四伐趙寇昭義軍加以數道之衆常號十萬圍之臨城縣攻其南不拔攻其北不拔攻其東不拔攻其西不拔其四度圍之通有十歲十歲之内東西南北豈有刑德向背王相吉辰哉其不拔者豈不一曰城堅池深糧多人一哉復以往事驗之秦累世戰勝竟滅六國豈天道二百年間常在乾方福德常居鶉首豈不曰穆公已還卑身趨士務耕戰明法令而致之乎故梁惠王問尉繚子曰黄帝有刑德可以百戰百勝其有之乎尉繚子曰不然黄帝所謂刑德者刑以伐之德以守之非世之所謂刑德也夫舉賢用能者不時日而利明法審令者不卜筮而吉貴功養勞者不禱祠而福周武王伐紂師次于氾水共頭山風雨疾雷鼓旗毁折王之驂乘惶懼欲死太公曰夫用兵者順天道未必吉逆之未必凶若失人事則三軍敗亡且天道鬼神視之不見聽之不聞故智者不法愚者拘之若乃好賢而任能舉事而得時此則不看時日而事利不假卜筮而事吉不待禱祠而福從遂命驅之前進周公曰今時逆太歲龜灼言凶卜筮不吉星凶爲災請還師太公怒曰今紂剖比干囚箕子以飛廉爲政伐之有何不可枯草朽骨安可知乎乃焚龜折蓍

率衆先涉武王從之遂滅紂宋高祖圍慕容超於廣固將攻城諸將咸諫曰今往亡之日兵家所忌高祖曰我往彼亡吉孰大焉乃命悉登遂克廣固後魏太祖武帝討後燕慕容麟甲子晦日進軍太史令鼂崇奏曰昔紂以甲子日亡帝曰周武豈不以甲子日勝乎崇無以對遂戰破之後魏太武帝征夏赫連昌於統萬城師次城下昌鼓譟而前會有風雨從賊後來太史進曰天不助人將士飢渴願且避之崔浩曰千里制勝一日豈得變易風道在人豈有常也帝從之昌軍大敗或曰如此者陰陽向背定不足信孫子叙之何也答曰夫暴君昏主或爲一旌一馬則必殘人逞志非以天道鬼神誰能制止故孫子叙之蓋有深旨寒暑時氣節制其行止也周瑜爲孫權數曹公四敗一曰今盛寒馬無藁草驅中國士衆遠涉江湖不習水土必生疾病此用兵之忌也寒暑同歸於天時故聯以叙之也○孟氏曰兵者法天運也陰陽者剛柔盈縮也用陰則沉虚固静用陽則輕捷猛厲後則用陰先則用陽陰無蔽也陽無察也陰陽之象無定形故兵法天天有寒暑兵有生殺天則應殺而制物兵則應機而制形故曰天也○賈林曰讀時制爲時氣謂從其善時占其氣候之利也○杜佑

曰謂順天行誅因陰陽四時剛柔之制○梅堯臣曰兵必參天道順氣候以時制之所謂制也司馬法曰冬夏不興師所以兼愛民也○王晳曰謂陰陽總天道五行四時風雲氣象也善消息之以助軍勝然非異人特授其訣則未由也若黃石公授書張良乃太公兵法是也意者豈天機神密非常人所得知耶其諸十數家紛紜抑未足以取審矣寒暑若吳起云疾風大寒盛夏炎熱之類時制因時利害而制宜也范蠡云天時不作弗爲人客是也○張預曰夫陰陽者非孤虛向背之謂也蓋兵自有陰陽耳范蠡曰後則用陰先則用陽盡敵陽節盈吾陰節而奪之又云設右爲牝益左爲牡早晏以順天道李衛公解曰左右者人之陰陽早晏者天之陰陽奇正者天人相變之陰陽此皆言兵自有陰陽剛柔之用非天官日時之陰陽也今觀尉繚子天官之篇則義最明矣太白陰經亦有天無陰陽之篇皆著爲卷首欲以決世人之惑也太公曰聖人欲止後世之亂故作爲譎書以寄勝於天道無益於兵也是亦然矣唐太宗亦曰凶器無甚於兵行兵苟便於人事豈以避忌爲疑也寒暑者謂冬夏興師也漢征匈奴士多墮指馬援征蠻卒多疫死皆冬夏興師故也時制者謂順天時

而制征討也太白陰經言天時者乃水旱蝗雹荒亂之天時非孤虛向背之天時也

地者遠近險易廣狹死生也 曹操曰言以九地形勢不同因時制利也論在九地篇中○李筌曰得形勢之地有死生之勢○梅堯臣曰知形勢之利害○張預曰凡用兵貴先知地形知遠近則能爲迂直之計知險易則能審步騎之利知廣狹則能度衆寡之用知死生則能識戰散之勢也

將者智信仁勇嚴也 曹操曰將宜五德備也○李筌曰此五者爲將之德故師有文人之稱也○杜牧曰先王之道以仁爲首兵家者流用智爲先蓋智者能機權識變通也信者使人不惑於刑賞也仁者愛人憫物知勤勞也勇者決勝乘勢不逡巡也嚴者以威刑肅三軍也楚申包胥使於越越王勾踐將伐吳問戰焉夫戰智爲始仁次之勇次之不智則不能知民之極無以詮度天下之衆寡不仁則不能與三軍共飢勞之殃不勇則不能斷疑以發大計也○賈林曰專任智則賊偏施仁則懦固守信則愚恃勇力則暴令過嚴則殘五者兼備各適其用則可爲將帥○梅堯臣曰智能發謀信能賞罰仁能附衆勇

能果斷嚴能立威○王晳曰智者先見而不惑能謀慮通權變也信者號令一也仁者惠撫惻隱得人心也勇者徇義不懼能果毅也嚴者以威嚴肅衆心也五者相須闕一不可故曹公曰將宜五德備也○何氏曰非智不可以料敵應機非信不可以訓人率下非仁不可以附衆撫士非勇不可以決謀合戰非嚴不可以服強齊衆全此五才將之體也○張預曰智不可亂信不可欺仁不可暴勇不可懼嚴不可犯五德皆備然後可以爲大將

法者曲制官道主用也

曹操曰部曲旛幟金鼓之制也官者百官之分也道者糧路也主者主軍費用也○李筌曰曲部曲也制節度也官爵賞也道路也主掌也用者軍資用也皆師之常法而將所治也○杜牧曰曲者部曲隊伍有分畫也制者金鼓旌旗有節制也官者偏裨校列各有官司也道者營陳開闔各有道徑也主者管庫厮養職守主張其事也用者車馬器械三軍須用之物也荀卿曰械用有數夫兵者以食爲本須先計糧道然後興師○梅堯臣曰曲制部曲隊伍分畫必有制也官道裨校首長統率必有道也主用主軍之資糧百物必有用度也○王晳曰曲者卒伍之屬制者節制其行列進退也官者群吏偏裨也道者軍行及所舍也主者主守其事用者凡軍之用謂輜重糧積之屬○張預曰曲部曲也制節制也官謂分偏裨之任道謂利糧餉之路主者職掌軍資之人用者計度費用之物六者用兵之要宜處置有其法

凡此五者將莫不聞知之者勝不知者不勝

張預曰已上五事人人同聞但深曉變極之理則勝不然則敗

故校之以計而索其情

曹操曰同聞五者將知其變極即勝也索其情者勝負之情○杜牧曰謂上五事將欲聞知校量計算彼我之優劣然後搜索其情狀乃能必勝不爾則敗○賈林曰書云非知之艱行之惟艱○王晳曰當盡知也言雖周知五事待七計以盡其情也○張預曰上已陳五事自此而下方考校彼我之得失探索勝負之情狀也

曰主孰有道

曹操曰道德智能○李筌曰孰實也有道之主必有智能之將范增辭楚陳平歸漢即其義也○杜牧曰孰誰也言我與敵人之主誰能遠佞親賢任人不疑也○杜佑曰主君也道道德也必先考校兩國之君

誰知誰否也若荀息料虞公貪而好寶宮之奇懦而不能強諫是也○梅堯臣曰誰能得人心也○王晳曰若韓信言項王匹夫之勇婦人之仁名雖爲霸實失天下心謂漢王入武關秋毫無所害除秦苛法秦民亡不欲大王王秦者是也○何氏曰書曰撫我則后虐我則讎撫虐之政孰有之也○張預曰先校二國之君誰有恩信之道即上所謂令民與上同意者之道也若淮陰料項王仁勇過高祖而不賞有功爲婦人之仁亦是也

將孰有能 杜牧曰將孰有能者上所謂智信仁勇嚴也○梅堯臣同杜牧註○王晳曰若漢王問魏大將柏直曰是口尚乳臭不能當韓信之類是也○張預曰察彼我之將誰有智信仁勇嚴之能若漢高祖料魏將柏直不能當韓信之類也

天地孰得 曹操李筌並曰天時地利○杜牧曰天者上所謂陰陽寒暑時制也地者上所謂遠近險易廣狹死生也○杜佑曰視兩軍所據知誰得天時地利○梅堯臣曰稽合天時審察地利○王晳同杜牧註○張預曰觀兩軍所舉誰得天時地利若魏武帝盛冬伐吳慕容超不據大峴則失天時地利者也

法令孰行 曹操曰設而不犯犯而必誅○杜牧曰縣法設禁貴賤如一魏絳戮僕曹公斷髮是也○杜佑曰發號出令校孰下不敢犯○梅堯臣曰齊衆以法一衆以令○王晳曰孰能法明令便人聽而從○張預曰魏絳戮揚干穰苴斬莊賈呂蒙誅鄉人卧龍刑馬謖茲所謂設而不犯犯而必誅誰爲如此○

兵衆孰強 杜牧曰上下和同勇於戰爲強卒衆車多爲強○梅堯臣曰內和外附○王晳曰強弱足以相形而知○張預曰車堅馬良士勇兵利聞鼓而喜聞金而怒誰者爲然

士卒孰練 杜牧曰辨旌旗審金鼓明開合知進退閑馳逐便弓矢習擊刺也○杜佑曰知誰兵器強利士卒簡練者故王子曰士不素習當陳惶惑將不素習臨陳闇變○梅堯臣曰車騎閑習孰國精粗○王晳曰孰訓之精○何氏曰勇怯強弱豈能一槩○張預曰離合聚散之法坐作進退之令誰素閑習

賞罰孰明 杜牧曰賞不僭刑不濫○杜佑曰賞善罰惡知誰分明者故王子曰賞無度則費而無恩罰無度則戮而無威○梅堯臣曰賞有功罰有罪○王晳曰孰能賞必當功罰必稱情○張預曰當賞者雖仇怨必錄當罰者雖父子不舍又司馬法曰賞不逾時罰不

遷列於誰爲明**吾以此知勝負矣**曹操曰以七事計之知勝負矣○賈林曰以上七事量校彼我
之政則勝敗可見○梅堯臣曰能索其情則知勝負○張預曰七事
俱優則未戰而先勝七事俱劣則未戰而先敗故勝負可預知也○
將聽吾計用之必勝留之將不聽吾計用之
必敗去之曹操曰不能定計則退而去也○杜牧曰若彼自備護不從我計形勢均等無以相加用戰必敗引而去
之故春秋傳曰允當則歸也○陳皥曰孫武以書干闔閭曰聽用吾
計策必能勝敵我當留之不去不聽吾計策必當負敗我去之不留
以此感動闔閭庶必見用故闔閭曰子之十三篇寡人盡觀之矣其
時闔閭行軍用師多自爲將故不言主而言將也○孟氏曰將裨將
也聽吾計畫而勝則留之違吾計畫而敗則除去之○梅堯臣曰武
以十三篇干吳王闔閭故首篇以此辭動之謂王將聽我計而用戰
必勝我當留此也王將不聽我計而用戰必敗我當去此也○王晳
曰將行也用謂用兵耳言行聽吾此計用兵則必勝我當留行不聽

吾此計用兵則必敗我當去也○張預曰將辭也孫子謂今將聽吾
所陳之計而用兵則必勝我乃留此矣將不聽吾所陳之計而用兵
則必敗我乃去之他國矣以此辭激吳王而求用**計利以聽乃爲之勢以佐其**
外曹操曰常法之外也○李筌曰計利既定乃乘形勢之勢也佐其外者常法之外也○杜牧曰計算利害是軍事根本利害已
見聽用然後於常法之外更求兵勢以助佐其事也○賈林曰計其
利聽其謀得敵之情我乃設奇譎之勢以動之外者或傍攻或後躡
以佐正陳○梅堯臣曰定計於內爲勢於外以助成勝○王晳曰吾
計之利已聽復當知應變以佐其外○張預曰孫子又謂吾所計之
利若已聽從則我當復爲兵勢以佐助其事於外蓋
兵之常法即可明言於人兵之利勢須因敵而爲**勢者因利**
而制權也曹操曰制由權也權因事制也○李筌曰謀因事勢○杜牧曰自此便言常法之外勢夫勢者不可先見
或因敵之害見我之利或因敵之利見我之害然後始可制機權而
取勝也○梅堯臣曰因利行權以制之○王晳曰勢者乘其變者也

○張預曰所謂勢者須因事之利制爲權謀以勝敵耳故不能先言也自此而後略言權變

兵者詭道也

曹操曰兵無常形以詭詐爲道○李筌曰軍不厭詐○梅堯臣曰非譎不可以行權非權不可以制敵○王晳曰詭者所以求勝敵御衆必以信也○張預曰用兵雖本於仁義然其取勝必在詭詐故曳柴揚塵欒枝之譎也萬弩齊發孫臏之奇也千牛俱奔田單之權也囊沙壅水淮陰之詐也此皆用詭道而制勝也

故能而示之不能

張預曰實強而示之弱實勇而示之怯李牧敗匈奴孫臏斬龐涓之類也

用而示之不用

李筌曰言已實用師外示之怯也漢將陳豨反連兵匈奴高祖遣使十輩視之皆言可擊復遣婁敬報曰匈奴不可擊上問其故對曰夫兩國相制宜矜誇其長今臣往徒見羸老此必能而示之不能臣以爲不可擊也高祖怒曰齊虜以口舌得官今妄沮吾衆械婁敬于廣武以三十萬衆至白登高祖爲匈奴所圍七日乏食此師外示之以怯之義也○杜牧曰此乃詭詐藏形夫形也者不可使見於敵敵人見形必有應傳曰鷙鳥將擊必藏其形如匈奴

示羸老於漢使之義也○杜佑曰言已實能用外示之以不能不用使敵不我備也若孫臏減竈而制龐涓○王晳曰強示弱勇示怯治示亂實示虛智示愚衆示寡進示退速示遲取示捨彼示此○何氏曰能而示之不能者如單于羸師誘高祖圍于平城是也用而示之不用者如李牧按兵於雲中大敗匈奴是也○張預曰欲戰而示之退欲速而示之緩班超擊莎車趙奢破秦軍之類也

近而示之遠遠而示之近

李筌曰令敵失備也漢將韓信虜魏王豹初陳舟欲渡臨晉乃潛師浮木罌從夏陽襲安邑而魏失備也耿弇之征張步亦先攻臨淄皆示遠勢也○杜牧曰欲近襲敵必示以遠去之形欲遠襲敵必示以近進之形韓信盛兵臨晉而渡於夏陽此乃示以近形而遠襲敵也後漢末曹公袁紹相持官渡紹遣將郭圖淳于瓊顏良等攻東郡太守劉延於白馬紹引兵至黎陽將渡河曹公北救延津荀攸曰今兵少不敵分兵勢乃可公致兵延津將欲渡兵向其後紹必西應之然後輕兵襲白馬掩其不備顏良可擒也公從之紹聞兵渡即留分兵西應之公乃引軍行趨白馬未至十餘里良大驚來戰使張遼關羽前進

擊破斬顏良解白馬圍此乃示以遠形而近襲敵也○賈林曰去就在我敵何由知○杜佑曰欲近而設其遠也欲遠而設其近也誑耀敵軍示之以遠本從其近若韓信之襲安邑○梅堯臣曰使其不能備○王晳同上註○何氏曰遠而示之近者韓信陳舟臨晉而渡夏陽是也近而示之遠者晉侯伐虢假道于虞是也○張預曰欲近襲之反示以遠吳與越夾水相距越爲左右句卒相去各五里夜爭鳴鼓而進吳人分以禦之越乃潛涉當吳中軍而襲之吳大敗是也欲遠攻之反示以近韓信陳兵臨晉而渡於夏陽是也

利而誘之杜牧曰趙將李牧大縱畜牧人衆滿野匈奴小人佯北不勝以數千人委之單于聞之大喜率衆大至牧多爲奇陳左右夾擊大破殺匈奴十餘萬騎也○賈林曰以利動之動而有形我所以因形制勝也○梅堯臣曰彼貪利則以貨誘之○何氏曰利而誘之者如赤眉委輜重而餌鄧禹是也○張預曰示以小利誘而克之若楚人伐絞莫敖曰絞小而輕請無扞采樵者以誘之於是絞人獲楚三十人明日絞人爭出驅楚役徒於山中楚人設伏兵於山下而大敗之是也

亂而取之李筌曰敵貪利必亂也秦王姚興征禿髮傉檀悉驅部內牛羊散放於野縱秦人虜掠秦人得利既無行列傉檀陰分十將掩而擊之大敗秦人斬首七千餘級亂而取之之義也○杜牧曰敵有昏亂可以乘而取之傳曰兼弱攻昧取亂侮亡武之善經也○賈林曰我令姦智亂之候亂而取之也○梅堯臣曰彼亂則乘而取之○王晳曰亂謂無節制取言易也○張預曰詐爲紛亂誘而取之若吳越相攻吳以罪人三千示不整以誘越罪人或奔或止越人爭之爲吳所敗是也言敵亂而後取者非也春秋之法凡書取者言易也魯師取邿是也

實而備之曹操曰敵治實須備之也○李筌曰備敵之實蜀將關羽欲圍魏之樊城懼吳將呂蒙襲其後乃多留備兵守荆州蒙陰知其旨遂詐之以疾羽乃撤去備兵遂爲蒙所取而荆州没吳則其義也○杜牧曰對壘相持不論虛實常須爲備此言居常無事鄰封接境敵若修政治實上下相愛賞罰明信士卒精練即須備之不待交兵然後爲備也○陳皥曰敵若不動完實我當謹備亦自實以備敵也○梅堯臣曰彼實則不可不備○王晳曰彼將有以擊吾之不備也○何氏曰彼敵但見其實而未見其虛之形則當蓄力而備之

也○張預曰經曰角之而知有餘不足之處有餘則實也不足則虛也言敵人兵勢既實則我當爲不可勝之計以待之勿輕舉也李靖軍鏡曰觀其虛則進見其實則止

強而避之

曹操曰避其所長也○李筌曰量力也楚子伐隨隨之臣季梁曰楚人上左君必左無與王遇且攻其右右無良焉必敗偏敗衆乃攜矣少師曰不當王非敵也不從隨師敗績隨侯逸攻強之敗也○杜牧曰逃避所長言敵人乘兵強氣銳則當須且回避之待其衰懈候其間隙而擊之晉末嶺南賊盧循徐道覆乘虛襲建鄴劉裕禦之曰賊若新亭直上且當避之回泊蔡洲乃成擒耳徐道覆欲焚舟直上循以爲不可乃泊於蔡洲竟以敗滅○賈林曰以弱制強理須待變○杜佑曰彼府庫充實士卒銳盛則當退避以伺其虛懈觀變而應之○梅堯臣曰彼強則我當避其銳○王晳曰敵兵精銳我勢寡弱則須退避○張預曰經曰無邀正正之旗無擊堂堂之陳言敵人行陳修整節制嚴明則我當避之不可輕肆也若秦晉相攻交綏而退蓋各防其失敗也

怒而撓之

曹操曰待其衰懈也○李筌曰將之多怒者權必易亂性不堅也漢相陳平謀撓楚權以太牢具進楚使驚曰是亞父使邪乃項王使邪此怒撓之者也○杜牧曰大將剛戾者可激之令怒則逞志快意志氣撓亂不顧本謀也○孟氏曰敵人盛怒當屈撓之○梅堯臣曰彼褊急易怒則撓之使憤激輕戰○王晳曰敵持重則激怒以撓之○何氏曰怒而撓之者漢兵擊曹咎於汜水是也○張預曰彼性剛忿則辱之令怒志氣撓惑則不謀而輕進若晉人執宛春以怒楚是也尉繚子曰寬不可激而怒言性寬者則不可激怒而致之也

卑而驕之

李筌曰幣重而言甘其志不小後趙石勒稱臣於王浚左右欲擊之浚曰石公來欲奉我耳敢言擊者斬設饗禮以待之勒乃驅牛羊數萬頭聲言上禮實以塡諸街巷使浚兵不得發乃入薊城擒浚於廳斬之而并燕卑而驕之則其義也○杜牧曰秦末匈奴冒頓初立東胡強使使謂冒頓曰欲得頭曼時千里馬冒頓以問羣臣羣臣皆曰千里馬國之寶勿與冒頓曰奈何與人鄰國愛一馬乎遂與之居頃之東胡使使來曰願得單于一閼氏冒頓問羣臣皆怒曰東胡無道乃求閼氏請擊之冒頓曰與人鄰國愛一女子乎與之居頃之東胡復曰匈奴有棄地千里吾欲有之冒頓問羣臣羣臣皆曰與之

亦可不與亦可冒頓大怒曰地者國之本也本何可與諸言與者皆斬之冒頓上馬令國中有後者斬東襲東胡東胡輕冒頓不爲之備冒頓擊滅之冒頓遂西擊月氏南并樓煩白羊河南北侵燕代悉復收秦所使蒙恬所奪匈奴地也○陳皥曰所欲必無所顧悋子女以惑其心玉帛以驕其志范蠡鄭武之謀也○杜佑曰彼其舉國興師怒而欲進則當外示屈撓以高其志俟惰歸要而擊之故王子曰善用法者如狸之與鼠力之與智示之猶卑靜而下之○梅堯臣曰示以卑弱以驕其心○王晳曰示卑弱以驕之彼不虞我而擊其間○張預曰或卑辭厚賂或羸師佯北皆所以令其驕怠吳子伐齊越子率衆而朝王及列士皆有賂吳人皆喜惟子胥懼曰是豢吳也後果爲越所滅楚伐庸七遇皆北庸人曰楚不足與戰矣遂不設備楚子乃爲二隊以伐之遂滅庸皆其義也

佚而勞之

一本作引而勞之○曹操曰以利勞之○李筌曰敵佚而我勞之者善功也吳伐楚公子光問計於伍子胥子胥曰可爲三師以肄焉我一師至彼必盡衆而出彼出我歸亟肄以疲之多方以誤之然後三師以繼之必大克從之楚於是乎始病吳矣○杜牧曰吳公子光問

伐楚於伍員員曰可爲三軍以肄焉我一師至彼必盡出彼出則歸亟肄以疲之多方以誤之然後三師以繼之必大克從之於是子重一歲七奔命於是乎始病吳終入郢後漢末曹公既破劉備備奔袁紹引兵欲與曹公戰別駕田豐曰操善用兵未可輕舉不如以久持之將軍據山河之固有四州之地外結英豪內修農戰然後揀其精銳分爲奇兵乘虛迭出以擾河南救右則擊其左救左則擊其右使敵疲於奔命人不安業我未勞而彼已困矣不及三年可坐克也今釋廟勝之策而決成敗於一戰悔無及也紹不從故敗○梅堯臣曰以我之佚待彼之勞○王晳曰多奇兵也彼出則歸彼歸則出救左則右救右則左所以罷勞之也○何氏曰孫子有治力之法以佚而待勞故論敵佚我宜多方以勞弊之然後可以制勝○張預曰我則力全彼則道敝若晉楚爭鄭久而不決晉知武子乃分四軍爲三部晉各一動而楚三來於是三駕而楚不能與之爭又申公巫臣教吳伐楚於是子重一歲七奔命是也

親而離之

曹操曰以間離之○李筌曰破其行約間其君臣而後攻也昔秦伐趙秦相應侯間於趙王曰我惟懼趙用括耳廉頗易與也趙王然之

乃用括代頗爲秦所坑卒四十萬於長平則其義也○杜牧曰言敵若上下相親則當以厚利啗而離間之陳平言於漢王曰今項王骨鯁之臣不過亞父鍾離昧龍且周殷之屬不過數人大王誠能捐數萬斤金間其君臣彼必內相誅漢因舉兵而攻之滅楚必矣漢王然之出黃金四萬斤與平使之反間項王果疑亞父不急擊下滎陽漢王遁去○陳皥曰彼悋爵祿此必捐之彼嗇財貨此必輕之彼好殺罰此必緩之因其上下相猜得行離間之說由余所以歸秦英布所以佐漢也○杜佑曰以利誘之使五間並入辯士馳說親彼君臣分離其形勢若秦遣反間欺誑趙君使廢廉頗而任趙奢之子卒有長平之敗○梅堯臣同杜牧註○王晳曰敵相親當以計謀離間之○張預曰或間其君臣或間其交援使相離貳然後圖之應侯間趙而退廉頗陳平間楚而逐范增是君臣相離也秦晉相合以伐鄭燭之武夜出說秦伯曰今得鄭則歸於晉無益於秦也不如捨鄭以爲東道主秦伯悟而退師是交援相離也

攻其無備

出其不意

曹操曰擊其懈怠出其空虛○李筌曰擊懈怠襲空虛○杜牧曰擊其空虛襲其懈怠○孟氏曰擊其空虛襲其懈怠使敵不知所以備也故曰兵者無形爲妙太公曰動莫神於不意謀莫善於不識○梅堯臣王晳二註同上○何氏曰攻其無備者魏太祖征烏桓郭嘉曰胡恃其遠必不設備因其無備卒然擊之可破滅也太祖行至易水嘉曰兵貴神速今千里襲人輜重多難以趨利不如輕兵兼道以出掩其不意乃密出盧龍塞直指單于庭合戰大破之○唐李靖陳十策以圖蕭銑揔管三軍之任一以委靖八月集兵夔州銑以時屬秋潦江水泛漲三峽路危必謂靖不能進遂不設備九月靖率兵而進曰兵貴神速機不可失今兵始集銑尚未知乘水漲之勢倏忽至城下所謂疾雷不及掩耳縱使知我倉卒無以應敵此必成擒也進兵至夷陵銑始懼召兵江南果不能至勒兵圍城銑遂降出其不意者魏末遣將鍾會鄧艾伐蜀蜀將姜維守劒閣鍾會攻維未克艾上言請從陰平由邪徑出劒閣西入成都奇兵衝其腹心劒閣之軍必還赴涪則會方軌而進劒閣之軍不還則應涪之兵寡矣軍志云攻其無備出其不意今掩其空虛破之必矣冬十月艾自陰平行無人之地七百餘里鑿山通道造作橋閣山高谷深至爲艱險又糧運將匱瀕於危殆艾以氈自裹推轉而下將士

皆攀木緣崖魚貫而進先登至江油蜀守將馬邈降諸葛瞻自涪還綿行列陳相拒大敗之斬瞻及尚書張遵等進軍至成都蜀主劉禪降又齊神武爲東魏將率兵伐西魏屯軍蒲坂造三道浮橋渡河又遣其將竇泰趣潼關高敖曹圍洛州西魏將周文帝出軍廣陽召諸將謂曰賊今掎吾三面又造橋於河示欲必渡欲綴吾軍使竇泰得西入耳久與相持其計得行非良策也且高歡用兵常以泰爲先驅其下多銳卒屢勝而驕今出其不意襲之必克克泰則歡不戰而自走矣諸將咸曰賊在近捨而遠襲事若蹉跌悔無可及周文曰歡前再襲潼關吾軍不過霸上今者大來兵未出郊賊顧謂吾但自守耳無遠鬬意又狃於得志有輕我心乘此擊之何往不克賊雖造橋未能徑渡比五日中吾取竇泰必矣公等勿疑周文遂率騎六千還長安聲言欲往隴右辛亥潛出軍癸丑晨至潼關竇泰卒聞軍至惶懼依山爲陳未及成列周文擊破之斬泰傳首長安高敖曹適陷洛州聞泰没燒輜重棄城而走○張預曰攻無備者謂懈怠之處敵之所不虞者則擊之若燕人畏鄭三軍而不虞制人爲制人所敗是也出不意者謂虛空之地敵不以爲慮者則襲之若鄧艾伐蜀行無人之

地七百餘里是也

此兵家之勝不可先傳也

曹操曰傳猶洩也兵無常勢水無常形臨敵變化不可先傳也故料敵在心察機在目也○李筌曰無備不意攻之必勝此兵之要祕而不傳也○杜牧曰傳言也此言上之所陳悉用兵取勝之策固非一定之制見敵之形始可施爲不可先事而言也○梅堯臣曰臨敵應變制宜豈可預前言之○王晳曰夫校計行兵是謂常法若乘機決勝則不可預傳述也○張預曰言上所陳之事乃兵家之勝策須臨敵制宜不可以預先傳言也

夫未戰而廟筭勝者得筭多也未戰而廟筭不勝者得筭少也多筭勝少筭不勝而況於無筭乎吾以此觀之勝負見矣

曹操曰以吾道觀之矣○李筌曰夫戰者決勝廟堂然後與人爭利凡伐叛懷遠推亡固存兼弱攻昧皆物情之所出中外離心如商周之師者是爲未戰而廟筭勝太一遁甲置筭之

決因八十筭巳上爲多筭六十筭巳下爲少筭客多筭臨少筭主
敗客少筭臨多筭主人勝此皆勝敗易見矣○杜牧曰廟筭者計筭
於廟堂之上也○梅堯臣曰多筭故未戰而廟謀先勝少筭故未戰
而廟謀不勝是不可無筭矣○王晳曰此懼學者惑不可先傳之說
故復言計篇義也○何氏曰計有巧拙成敗繫焉○張預曰古者興
師命將必致齋於廟授以成筭然後遣之故謂之廟筭籌策深遠則
其計所得者多故未戰而先勝謀慮淺近則其計所得者少故未戰
而先負多計勝少計其無計者安得無敗故曰勝兵先勝而後求戰
敗兵先戰而後求勝
有計無計勝負易見

作戰篇

曹操曰欲戰必先筭其費務因糧於敵也○李筌曰先定計然後修戰具是以戰次計之
篇也○王晳曰計以知勝然後興戰而具軍費猶不可以
久也○張預曰計筭巳定然後完車馬利器械運糧草約
費用以作戰
備故次計

孫子曰凡用兵之法馳車千駟革車千乘帶
甲十萬 曹操曰馳車輕車也駕駟馬革車重車也言萬騎之重
車駕四馬率三萬軍養二人主炊家子一人主保固守
衣裝廄二人主養馬凡五人步兵十人重以大車駕牛養二人主炊
家子一人主守衣裝凡三人也帶甲十萬士卒數也○李筌曰馳車
戰車也革車輕車也帶甲步卒車一兩駕以駟馬步卒七十人計千
駟之軍帶甲七萬馬四千匹孫子約以軍資之數以十萬爲率則百
萬可知也○杜牧曰輕車乃戰車也古者車戰革車輜車重車也載
器械財貨衣裝也司馬法曰一車甲士三人步卒七十二人炊家子
十人固守衣裝五人廄養五人樵汲五人輕車七十五人重車二十
五人故二乘兼一百人爲一隊舉十萬之衆革車千乘校其費用支
計則百萬之衆皆可知也○梅堯臣曰馳車輕車也革車重車也凡
輕車一乘甲士步卒二十五人重車一乘甲士步卒七十五人舉二
車各千乘是帶甲者十萬人○王晳曰曹公曰輕車也駕駟馬凡千
乘晳謂馳車謂駕革車也一乘四馬爲駟千駟則革車千乘曹公曰

重車也晳謂革車兵車也有五戎千乘之賦諸侯之大者曹公曰帶
甲十萬步卒數也晳謂井田之法甸出兵車一乘甲士三人步卒七
十二人千乘揔七萬五千人此言帶甲十萬豈當時權制歟○何氏
曰十萬舉成數也○張預曰馳車即攻車也革車即守車也按曹公
新書云攻車一乘前拒一隊左右角二隊共七十五人守車一乘炊
子十人守裝五人廄養五人樵汲五人共二十五人攻守二乘凡一
百人興師十萬則用車二千輕重各半與此同矣

千里饋糧曹操曰越境千里李筌曰道理縣遠則內外之費賓客之用膠漆之材車甲之奉日費千金然後十萬之師舉矣曹操曰謂賂賞猶在外○李筌曰夫軍出於外則帑藏竭於內舉千金者言多費也千里之外贏糧則二十人奉一人也○杜牧曰軍有諸侯交聘之禮故曰賓客也車甲器械完緝修繕言膠漆者舉其微細千金者言費用多也猶賂賞在外也○賈林曰計費不足未可以興師動衆故李太尉曰三軍之門必有賓客論議○

梅堯臣曰舉師十萬饋糧千里日費如此師久之戒也○王晳曰內謂國中外謂軍所也賓客若諸侯之使及軍中宴饗吏士也膠漆車甲舉細與大也○何氏曰老師費財智者慮之○張預曰去國千里即當因糧若須供餉則內外騷動疲困於路蠹耗無極也賓客者使命與遊士也膠漆者修飾器械之物也車甲者膏轄金革之類也約其所費日用千金然後能興十萬之師千金言重費也賂賞猶在外

其用戰也勝久則鈍兵挫銳攻城則力屈曹操曰鈍弊也屈盡也○杜牧曰勝久謂淹久而後能勝也言與敵相持久而後勝則甲兵鈍弊銳氣挫衂攻城則人力殫盡屈折也○賈林曰戰雖勝人久則無利兵貴全勝鈍兵挫銳士傷馬疲則屈○梅堯臣曰雖勝且久則必兵仗鈍弊而軍氣挫銳攻城而久則力必殫屈○王晳曰屈窮也求勝以久則鈍弊折挫攻城則益甚也○張預曰及交兵合戰也久而後能勝則兵疲氣沮矣千里攻城力必困屈

久暴師則國用不足孟氏曰久暴師露衆千里之外則軍國費用不足相供○梅堯臣曰師久暴於

外則輸用不給○張預曰日費千金師久暴則國用豈能給若漢
武帝窮征深討久而不解及其國用空虛乃下哀痛之詔是也 夫
鈍兵挫銳屈力殫貨則諸侯乘其弊而起雖
有智者不能善其後矣 李筌曰十萬衆舉日費千金非唯頓挫於外亦財殫於內是以
聖人無暴師也隋大業初煬帝重兵好征力屈鴈門之下兵挫遼水
之上踈河引淮轉輸彌廣出師萬里國用不足於是楊玄感李密乘
其弊而起縱蘇威高熲豈能為之謀也○杜牧曰蓋以師久不勝財
力俱困諸侯乘之而起雖有智能之士亦不能於此之後善為謀畫
也○賈林曰人離財竭雖伊呂復生亦不能救此亡敗也○杜佑曰
雖當時有用兵之術不能防其後患○梅堯臣曰取勝攻城暴師且
久則諸侯乘此弊而起襲我我雖有智將不能制也○王晳曰以其
弊甚必有危亡之憂○何氏曰其後謂兵不勝而敵乘其危殆雖智
者不能盡其善計而保全○張預曰兵已疲矣力已困矣財已匱矣
鄰國因其罷弊起兵以襲之則縱有智能之人亦不能防其後患若

吳伐楚入郢久而不歸越兵遂入吳當是時雖有伍員孫武之徒何嘗能為善謀於後乎 故兵聞拙速未
睹巧之久也 曹操李筌曰雖拙有以速勝未睹者言其無也○杜牧曰攻取之間雖拙於機智然以神速為
上蓋無老師費財鈍兵之患則為巧矣○孟氏曰雖拙有以速勝○
陳皥曰所謂疾雷不及掩耳卒電不及瞬目○杜佑註同孟氏○梅
堯臣曰拙尚以速勝未見工而久可也○王晳曰晳謂久則師老財
費國虛人困巧者保無斯患也○何氏曰速雖拙不費財力也久雖
巧恐生後患也後秦姚萇與苻登相持萇將苟曜據逆萬堡密引苻
登萇與登戰敗於馬頭原收衆復戰姚碩德謂諸將曰上慎於輕戰
每欲以計取之今戰既失利而更逼賊必有由也萇聞而謂碩德曰
登用兵遲緩不識虛實今輕兵直進徑據吾東必苟曜與之連結也
事久變成其禍難測所以速戰者欲使苟曜豎子謀之未就好之未
深耳果大敗之武后初徐敬業舉兵於江都稱匡復皇家以盩厔尉
魏思恭為謀主問計於思恭對曰明公既以太后幽縶少主志在匡
復兵貴拙速宜早渡淮北親率大衆直入東都山東將士知公有勤

王之舉必以死從此則指日刻期天下必定敬業欲從其策薛璋又
說曰金陵之地王氣已見宜早應之兼有大江設險足可以自固請
且攻取常潤等州以為王霸之業然後率兵北上鼓行而前此則退
有所歸進無不利實良策也敬業以為然乃自率兵四千人南渡以
擊潤州思恭密謂杜求仁曰兵勢宜合不可分今敬業不知并力渡
淮率山東之衆以合洛陽必無能成事果敗○張預曰但能取勝則
寧拙速而無巧久若司馬宣王伐上庸以一月圖一年不計死傷與糧競者斯可謂欲拙速也

夫兵久而國利者未之有也

李筌曰春秋曰兵猶火也弗戢將自焚○賈
林曰兵久無功諸侯生心○杜佑曰兵者凶
器久則生變若智伯圖趙逾年不歸卒為襄子所擒身死國分故新
亭傳曰好戰窮武未有不亡者也○梅堯臣曰力屈貨殫何利之有
○張預曰師老財竭於國何利

故不盡知用兵之害者則不能盡知用兵之利也

李筌曰利害相依之所生先知其害然後知
其利也○杜牧曰害之者勞人費財利之者

吞敵拓境苟不顧己之患則舟中之人盡為敵國安能取利於敵人
哉○賈林曰將驕卒惰貪利忘變此害最甚也○杜佑曰言謀國動
軍行師不先慮危亡之禍則不足取利也若秦伯見襲鄭之利不顧
崤函之敗吳王矜伐齊之功而忘姑蘇之禍也○梅堯臣曰不再籍
不三載利也百姓虛公家費害也苟不知害又安知利○王晳曰久
而能勝未免於害速則利斯盡也○張預曰先知老師殫貨之害然
後能知擒敵制勝之利

善用兵者役不再籍糧不三載

曹操曰籍猶賦
也言初賦民而便取勝不復歸國發兵也始載糧後遂因食於敵還
兵入國不復以糧迎之也○李筌曰籍書也不再籍書恐人勞怨生
也秦發關中之卒是以有陳吳之難也軍出度遠近饋之軍人載糧
迎之謂之三載越境則館穀於敵無三載之義也○杜牧曰審敵可
攻審我可戰然後起兵便能勝敵而還鄭司農周禮註曰役謂發兵
起役籍乃伍籍也比參為伍因內政寄軍令以伍籍發軍起役也○
陳皥曰籍借也不再借民而役也糧者往則載焉歸則迎之是不三
載也不困乎兵不竭乎國言速而利也○梅堯臣同陳皥註○王晳

同曹操註○張預曰役謂興兵動衆之役故師卦詳曰任大役重無功則凶籍謂調兵之符籍故漢制有尺籍伍符言一舉則勝不可再籍兵役於國也糧始出則載之越境則掠之歸國則迓之是不三載也此言兵不可久暴也

取用於國因糧於敵故軍食可足也曹操曰兵甲戰具取用國中糧食因敵也○李筌曰具我戎器因敵之食雖出師千里無匱乏也○杜佑曰兵甲戰具取用國中糧食因敵也取貲用於我國因糧食於敵家也晉師館穀於楚是也○梅堯臣曰軍之須用取於國軍之糧餉因於敵○何氏曰因謂兵出境鈔聚掠野至於克敵拔城得其儲積也○張預曰器用取於國者以物輕而易致也糧食因於敵者以粟重而難運也夫千里饋糧則士有飢色故因糧則食可足

國之貧於師者遠輸遠輸則百姓貧李筌曰兵役數起而賦斂重○杜牧曰管子曰粟行三百里則國無一年之積粟行四百里則國無二年之積粟行五百里則衆有飢色此言粟重物輕也不可推移推移之則農夫耕牛俱失南畝故百姓不得不貧也○賈林曰遠輸則財耗於道路弊於轉運百姓日貧○孟氏曰兵車轉運千里之外財則費於道路人有困窮者○張預曰以七十萬家之力供餉十萬之師於千里之外則百姓不得不貧

近於師者貴賣貴賣則百姓財竭曹操曰軍行已出界近師者貪財皆貴賣則百姓虛竭也○李筌曰夫近軍必有貨易百姓徇財殫產而從之竭也○賈林曰師徒所聚物皆暴貴人貪非常之利竭財物以賣之初雖獲利殊多終當力疲貨竭又云既有非常之斂故賣者求價無厭百姓竭力買之自然家國虛盡也○杜佑曰言近軍師市多非常之賣當時貪貴以趨末利然後財貨殫盡家國虛也○梅堯臣曰遠者供役以轉饋近者貪利而貴賣皆貧國匱民之道也○王晳曰夫遠輸則人勞費近市則物騰貴是故久師則爲國患也曹公曰軍行已出界近於師者貪財皆貴賣晳謂將出界也○張預曰近師之民必貪利而貴貨其物於遠來輸餉之人則財不得不竭

財竭則急於丘役張預曰財力殫竭則丘井之役急迫而不易供也或曰丘役謂如魯

成公作丘甲也國用急迫乃使丘出甸賦違常制也丘十六井甸六十四井

力屈財殫中原內虛於家百姓之費十去其七

曹操曰丘十六井也百姓財殫盡而兵不解則運糧盡力於原野也十去其七者所破費也○李筌曰兵久不止男女怨曠困於輸輓丘役力屈財殫而百姓之費十去其七○杜牧曰司馬法曰六尺為步步百為畝畝百為夫夫三為屋屋三為井四井為邑四邑為丘四丘為甸丘蓋十六井也丘有戎馬一匹牛四頭甸有戎馬四匹牛十六頭丘車一乘甲士三人步卒七十二人今言兵不解則丘役益急百姓糧盡財竭力盡於原野家業十耗其七也○陳皥曰丘聚也聚斂賦役以應軍須如此則財竭於人人無聊困也○王晳曰急者暴於常賦也若魯成公作丘甲是也如此則民費太半矣要見公費差減故云十七曹公曰丘十六井兵不解則運糧盡力於原野○何氏曰國以民為本民以食為天居人上者宜乎重惜○張預曰運糧則力屈輸餉則財殫原野之民家產內虛度其所費十無其七也

公家之費破車罷馬甲冑矢弩戟楯蔽櫓丘牛大車十去其六

一本作十去其七○曹操曰丘牛謂丘邑之牛大車乃長轂車也○李筌曰丘大也此數器者皆軍之所須言遠近之費公家之物十損於七也○梅堯臣曰百姓以財糧力役奉軍之費其資十損乎七公家以牛馬器仗奉軍之費其資十損乎六是以竭賦窮兵百姓弊矣役急民貧國家虛矣○王晳曰楯干也蔽可以屏蔽櫓大楯也丘牛古所謂匹馬丘牛也大車牛車也易曰大車以載○張預曰兵以車馬為本故先言車馬疲敝也蔽櫓楯也今謂之彭排丘牛大牛也大車必革車也始言破車疲馬者謂攻戰之馳車也次言丘牛大車者即輜重之革車也公家車馬器械亦十損其六

故智將務食於敵食敵一鍾當吾二十鍾萁秆一石當吾二十石

曹操曰六斛四斗為鍾萁豆稭也秆禾藁也石者一百二十斤也轉輸之法費二十石得一石一云萁音忌豆也七十斤為一石當吾二十言遠費也○杜牧曰六

石四斗爲一鍾一石一百二十斤萁豆稭也秆禾藳也或言萁秆藁也秦攻匈奴使天下運糧起於黄腄瑯琊負海之郡轉輸北河率三十鍾而致一石漢武建元中通西南夷作者數萬人千里負擔饋糧率十餘鍾致一石今校孫子之言食敵一鍾當吾二十鍾蓋約平地千里轉輸之法費二十石得一石不約道里蓋漏闕也黄腄音直瑞反又音誰在東萊北河即今之朔方郡○李筌曰遠師轉一鍾之粟費二十鍾方可達軍將之智也務食於敵以省已之費也○孟氏曰十斛爲鍾計千里轉運道路耗費二十鍾可致一鍾於軍中矣○梅堯臣註同曹操○王晳曰曹公曰萁豆稭也秆藁也石者百二十斤也轉輸之法費二十乃得一晳謂上文千里饋糧則轉輸之法謂千里耳萁今作萁秆故書爲芉當作秆○張預曰六石四斗爲鍾一百二十斤爲石萁豆稭也秆禾藳也千里饋糧則費二十鍾石而得一鍾石到軍所若越險阻則猶不啻故秦征匈奴率三十鍾而致一石此言能將必因糧於敵也

故殺敵者怒也

曹操曰威怒以致敵○李筌曰怒者軍威也○杜牧曰萬人非能同心皆怒在我激之以勢使然也田單守即墨使燕人劓降者掘城中人墳墓之類是也○賈林曰人之無怒則不肯殺○王晳曰兵主威怒○何氏曰燕圍齊之即墨齊之降者盡劓齊人皆怒愈堅守田單又縱反間曰吾懼燕人掘吾城外冢墓戮辱先人可爲寒心燕軍盡掘壠墓燒死人即墨人從城上望見皆泣涕其欲出戰怒自十倍單知士卒可用遂破燕師後漢班超使西域到鄯善會其吏士三十六人與共飲酒酣因激怒之曰今俱在絶域欲立大功以求富貴虜使到裁數日而王禮貌即廢如收吾屬送匈奴骸骨長爲豺狼食矣官屬皆曰今在危亡之地死生從司馬超曰不入虎穴不得虎子當今之計獨有因夜以火攻虜使彼不知我多少必大震怖可殄盡也滅此虜則功成事立矣衆曰善初夜將吏士奔虜營會天大風超令十人持鼓藏虜舍後約曰見火燃皆當鳴鼓大呼餘人悉持弓弩夾門而伏超順風縱火虜衆驚亂衆悉燒死蜀龐統勸劉備襲益州牧劉璋備曰此大事不可倉卒及璋使備擊張魯乃從璋求萬兵及資寶欲以東行璋但許兵四千其餘皆給半備因激怒其衆曰吾爲益州征強敵師徒勤瘁不遑寧居今積帑藏之財而悋於賞功望士大夫爲出死力戰其可得乎由是相與破璋○張預曰激吾士卒使上下

同怒則敵可殺尉繚子曰民之所
以戰者氣也謂氣怒則人人自戰**取敵之利者貨也**曹操曰軍
無財士不來軍無賞士不往○李筌曰利者益軍實也○杜牧曰使
士見取敵之利者貨財也謂得敵之貨財必以賞之使人皆有欲各
自為戰後漢荊州刺史度尚討桂州賊帥卜陽潘鴻等入南海破其
三屯多獲珍寶而鴻等黨聚猶衆士卒驕富莫有闘志尚曰卜陽潘
鴻作賊十年皆習於攻守當須諸郡併力可攻之今軍恣聽射獵兵
士喜悅大小相與從禽尚乃密使人潜焚其營珍積皆盡獵者來還
莫不泣涕尚曰卜陽等財貨足富數世諸卿但不併力耳所亡少少
何足介意衆聞咸憤踴願戰尚令秣馬蓐食明晨徑赴賊屯陽鴻不
設備吏士乘鋭遂破之此乃是也○孟氏同杜牧註○杜佑曰人知
勝敵有厚賞之利則冒白刃當矢石而樂以進戰者皆貨財酬勳賞
勞之誘也○梅堯臣曰殺敵則激吾人以怒取敵則利吾人以貨○
王晳曰謂設厚賞耳若使衆貪利自取則或違節制耳○張預曰以
貨啗士使人自為戰則敵利可取故曰重賞之下必有勇夫○皇朝
太祖命將伐蜀諭之曰所得州邑當與我傾竭帑庫以饗士卒國家

所欲惟土疆耳於是將吏
死戰所至皆下遂平蜀**故車戰得車十乘已上賞**
其先得者曹操曰以車戰能得敵車十乘已上賞賜之不言車
戰得車十乘已上者賞之而言賞得者何言欲開示
賞其所得車之卒也陳車之法五車為隊僕射一人十車為官卒長
一人車滿十乘將吏二人因而用之故別言賜之欲使將恩下及也
或曰言使自有車十乘已上與敵戰但取其有功者賞之其十乘已
下雖一乘獨得餘九乘皆賞之所以率進勵士也○李筌曰重賞而
勸進也○杜牧曰夫得車十乘已上者盖衆人用命之所致也若徧
賞之則力不足與其所獲之車公家仍自以財貨賞其唱謀先登者
此所以勸勵士卒故上文云取敵之利者貨也言十乘者舉其綱目
也○賈林曰勸未得者使自勉也○梅堯臣曰徧賞則難周故獎一
而勸百也○王晳曰以財賞其所先得之卒○張預曰車一乘凡七
十五人以車與敵戰吾士卒能獲敵車十乘已上者吾士卒必不下
千餘人也以其人衆故不能徧賞但以厚利賞其陷陳先獲者以勸
餘衆古人用兵必使車奪車騎奪騎步奪步故吳起與秦人戰令三

軍曰若車不得車騎不得騎徒不得徒雖破軍皆無功而更其旌旗曹操曰與吾同也○李筌曰惡色與吾同○賈林曰令不識也○張預曰變敵之色令與己同車雜而乘之曹操曰不獨任也○李筌曰夫降虜之旌旗必更其色而雜其車車乃可用也○杜牧曰士卒自獲敵車任雜然自乘之官不録也○梅堯臣曰車許雜乘旗無因故○王晳曰謂得敵車可與我車雜用之也○張預曰已車與敵車參雜而用之不可獨任也卒善而養之張預曰所獲之卒必以恩信撫養之俾為我用是謂勝敵而益強曹操曰益己之強○李筌曰後漢光武破銅馬賊於南陽虜衆數萬各配部曲然人心未安光武令各歸本營乃輕行其間以勞之相謂曰蕭王推赤心置人腹中安得不投死乎於是漢益振則其義也○杜牧曰得敵卒也因敵之資益己之強○梅堯臣曰獲卒則任其所長養之以恩必為我用也○王晳曰得敵卒則養之與吾卒同善者謂勿侵辱之也若厚撫初附或失人心○何氏曰因敵以勝敵何往不強○張預曰勝其敵而獲其車與卒既為我用則是增己之強光武推赤心人人投死之類也故兵貴勝不貴久曹操曰久則不利兵猶火也不戢將自焚也○孟氏曰貴速勝疾還也○梅堯臣曰上所言皆貴速也速則省財用息民力也○何氏曰孫子首尾言兵久之理蓋知兵不可玩武不可黷之深也○張預曰久則師老財竭易以生變故但貴其速勝疾歸故知兵之將生民之司命國家安危之主也曹操曰將賢則國安也○李筌曰將有殺伐之權威欲却敵人命所繫國家安危在於此矣○杜牧曰民之性命國之安危皆由於將也○梅堯臣曰此言任將之重○王晳曰將賢則民保其生而國家安矣否則民被毒殺而國家危矣明君任屬可不精乎○何氏曰民之性命國之治亂皆主於將將之材難古今所患也○張預曰民之死生國之安危繫乎將之賢否

謀攻篇

曹操曰欲攻敵必先謀○李筌曰合陳為戰圍城曰攻以此篇次戰之下○杜牧曰廟堂之上計筭已定戰爭之具糧食之費悉已用備可以謀攻故曰謀攻也○王晳曰謀攻敵之利害當全策以取之不

銳於伐兵攻城也○張預曰計議已定戰具已集然後可以智謀攻故次作戰

孫子曰凡用兵之法全國爲上破國次之曹操曰興師深入長驅距其城郭絶其内外敵舉國來服爲上以兵擊破敗而得之其次也○李筌曰不貴殺也韓信虜魏王豹擒夏說斬成安君此爲破國者及用廣武君計北首燕路遣一介之使奉咫尺之書燕從風而靡則全國也○賈林曰全得其國我國亦全乃爲上○杜佑曰敵國來服爲上以兵擊破爲次○王晳曰若韓信舉燕是也○何氏曰以方略氣勢令敵人以國降上策也○張預曰尉繚子曰講武料敵使敵氣失而師散雖形全而不爲之用此道勝也破軍殺將乘堙發機會衆奪地此力勝也然則所謂道勝力勝者即全國破國之謂也夫弔民伐罪全勝爲上爲不得已而至於破則其次也

全軍爲上破軍次之曹操杜牧曰司馬法曰一萬五千五百人爲軍何氏曰降其城邑不破我軍也

全旅爲上破旅次之曹操曰五百人爲旅

全卒爲上破卒次之曹操曰一校已上至一百人也○李筌曰百人已上爲卒○杜佑曰一校下至百人也

全伍爲上破伍次之曹操曰百人已下至五人○李筌曰百人已下爲伍○杜牧曰五人爲伍○梅堯臣曰謀之大者全得之○王晳曰國軍卒伍不間小大全之則威德爲優破之則威德爲劣○何氏曰自軍至伍皆次序上下言之此意以策略取之爲妙不惟一軍至於一伍不可不全○張預曰周制萬二千五百人爲軍五百人爲旅百人爲卒五人爲伍自軍至伍皆以不戰而勝之爲上

是故百戰百勝非善之善者也曹操曰未戰而戰自屈勝善也○李筌曰以計勝敵也○陳皞曰戰必殺人故也○賈林曰兵威遠振全來降伏斯爲上也詭詐爲謀摧破敵衆殘人傷物然後得之又其次也○杜佑曰未戰而敵自屈服○梅堯臣曰惡乎殺傷殘害也○張預曰戰而後能勝必多殺傷故云非善

不戰而屈人之兵善之善者也曹操曰未戰而敵自屈服○杜

牧曰以計勝敵○陳皥曰韓信用李左車之計馳咫尺之書不戰而下燕城也○孟氏曰重廟勝也○王晳曰兵貴伐謀不務戰也○何氏曰後漢王霸討周建蘇茂既戰歸營賊復聚挑戰霸堅卧不出方饗士作倡樂茂雨射營中中霸前酒罇霸安坐不動軍吏曰茂已破今易擊霸曰不然茂客兵遠來糧食不足故挑戰以徼一切之勝今閉營休士所謂不戰而屈人兵善之善也茂乃引退○張預曰明賞罰信號令完器械練士卒暴其所長使敵從風而靡則爲大善若吳王黄池之會晉人畏其有法而服之者是也

故上兵伐謀

曹操曰敵始有謀伐之易也○李筌曰伐其始謀也後漢寇恂圍高峻峻遣謀臣皇甫文謁恂辭禮不屈恂斬之報峻曰軍師無禮已斬之欲降急降不欲固守峻即日開壁而降諸將曰敢問殺其使而降其城何也恂曰皇甫文峻之心腹其取謀者留之則文得其計殺之則峻亡其膽所謂上兵伐謀諸將曰非所知也○杜牧曰晉平公欲攻齊使范昭往觀之景公觴之酒酣范昭請君之罇酌公曰寡人之罇進客范昭已飲晏子徹罇更爲酌范昭佯醉不悅而起舞謂太師曰能爲我奏成周之樂乎吾爲舞之太師曰瞑臣不

習范昭趨出景公曰晉大國也來觀吾政今子怒大國之使者將奈何晏子曰觀范昭非陋於禮者且欲慙於國臣故不從也太師曰夫成周之樂天子之樂也惟人主舞之今范昭人臣而欲舞天子樂臣故不爲也范昭歸報晉平公曰齊未可伐臣欲辱其君晏子知之臣欲犯其禮太師識之仲尼曰不越罇俎之閒而折衝千里之外晏子之謂也春秋時秦伐晉晉將趙盾禦之上軍佐臾駢曰秦不能久請深壘固軍以待之秦人欲戰秦伯謂士會曰若何而戰對曰趙氏新出其屬曰臾駢必實爲此謀將以老我師也趙有側室曰穿晉君之壻也有寵而弱不在軍事好勇而狂且惡臾駢之佐上軍若使輕者肆焉其可秦軍掩晉上軍趙穿追之不及返怒曰裹糧坐甲固敵是求敵至不擊將何俟焉軍吏曰將有待也穿曰我不知謀將獨出乃以其屬出趙盾曰秦獲穿也獲一卿矣秦以勝歸我何以報乃皆出戰交綏而退夫晏子之對是敵人將謀伐我我先伐其謀故敵人不得而伐我士會之對是我將謀伐敵敵人有謀拒我乃伐其謀敵人不得與我戰斯二者皆伐謀也故敵欲謀我伐其未形之謀我若伐敵敗其已成之計固非止於一也○孟氏曰九攻九拒是其謀也○

杜佑曰敵方設謀欲舉衆師伐而抑之是其上故太公云善除患者理於未生善勝敵者勝於無形也○梅堯臣曰以智勝○王晳曰以智謀屈人最爲上○何氏曰敵始謀攻我我先攻之易也揣知敵人謀之趣向因而加兵攻其彼心之發也○張預曰敵始發謀我從而攻之彼必喪計而屈服若晏子之沮范昭是也或曰伐謀者用謀以伐人也言以奇策祕筭取勝於不戰兵之上也

其次伐交 曹操曰交將合也○李筌曰伐其始交也蘇秦約六國不事秦而秦閉關十五年不敢窺山東也○杜牧曰非止將合而已合之者皆可伐也張儀願獻秦地六百里於楚懷王請絕齊交隨何於黥布坐上殺楚使者以絕項羽曹公與韓遂交馬語以疑馬超高洋以蕭深明請和於梁以疑侯景終陷臺城此皆伐交權道變化非一途也○陳皥曰或云敵已與師交合伐而勝之是其次也若晉文公敵宋攜離曹衛也○孟氏曰交合強國敵不敢謀○梅堯臣曰以威勝○王晳曰謂未能全屈敵謀當且間其交使之解散彼交則事鉅敵堅彼不交則事小敵脆也○何氏曰杜稱已上四事乃親而離之之義也伐交者兵欲交合設疑兵以懼之使進退不得因來屈服旁鄰既爲我援敵不得不孤弱也○張預曰兵將交戰將合則伐之傳曰先人有奪人之心謂兩軍將合則先薄之孫叔敖之敗晉師厨人濮之破華氏是也或曰伐交者用交以伐人也言欲舉兵伐敵先結鄰國爲掎角之勢則我彊而敵弱

其次伐兵 曹操曰兵形已成也○李筌曰臨敵對陳兵之下也○賈林曰善於攻取舉無遺策又其次也故太公曰爭勝於白刃之前者非良將也○梅堯臣曰以戰勝○王晳曰戰者危事○張預曰不能敗其始謀破其將合則犀利兵器以勝之兵者器械之揔名也太公曰必勝之道器械爲寶

其下攻城 曹操曰敵國已收其外糧城守攻之爲下攻也○李筌曰夫王師出境敵則開壁送款舉櫬轅門百姓怡悅攻之上也若頓兵堅城之下師老卒惰攻守勢殊客主力倍以此攻之爲下也○杜佑曰言攻城屠邑攻之下者所害者多○梅堯臣曰費財役爲最下○王晳曰士卒殺傷城或未克○張預曰夫攻城屠邑不惟老師費財兼亦所害者多是爲攻之下者

攻城之法爲不得已 張預曰攻城則力屈所以必攻者蓋不獲已耳 **修櫓轒**

轀具器械三月而後成距闉又三月而後已
曹操曰修治也櫓大楯也轒轀者轒牀也轒牀其下四輪從中推之至城下也具備也器械者機關攻守之惣名飛樓雲梯之屬距闉者踴土積高而前以附其城也○李筌曰櫓楯也以蒙首而趨城下轒轀者四輪車也其下藏兵數十人塡隍推之直就其城木石所不能壞也器械飛樓雲梯板屋木幔之類也距闉者土木山乘城也東魏高歡之圍晉州侯景之攻臺城則其器也役約三月恐兵久而人疲也○杜牧曰櫓即今之所謂彭排轒轀四輪車排大木爲之上蒙以生牛皮下可容十人往來運土塡壍木石所不能傷今俗所謂木驢是也距闉者積土爲之即今之所謂壘道也三月者一時也言修治器械更其距闉皆須經時精好成就恐傷人之甚也管子曰不能致器者困言無以應敵也太公曰必勝之道器械爲寶漢書志曰兵之伎巧一十有三家習手足便器械機關以立攻守之勝者夫攻城者有橦車剗鈎車飛梯蝦蟇木解合車狐鹿車影車高障車馬頭車獨行車運土豚魚車○陳皥曰杜稱櫓爲彭排非也若是彭排即當用此楯字曹云大楯庶或近之蓋言侯器械全具須三月距闉又三月已計六月將若不待此而生忿速必多殺士卒故下云將不勝其忿而蟻附之災也○杜佑曰轒轀上汾下濕距闉者踊土積高而前以附於城也積土爲山曰堙以距敵城觀其虛實春秋傳曰楚司馬子反乘堙而闚宋城也○梅堯臣曰威智不足以屈人不獲已而攻城也治攻具須經時也曹公曰櫓大楯也轒轀者轒牀也其下四輪從中推至城下也器械機關攻守之惣名蜚梯之屬也謂櫓爲大楯非也兵之具甚衆何獨言修大楯耶今城上守禦樓曰櫓櫓是轒牀上革屋以蔽矢石者歟○張預曰脩櫓大楯也傳曰晉侯登巢車以望楚軍註云巢車車上爲櫓又晉師圍偪陽魯人建大車之輪蒙之以甲以爲櫓左執之右拔戟以成一隊註云櫓大楯也以此觀之脩櫓爲大楯明矣轒轀四輪車其下可覆數十人運土以實隍者器械攻城惣名也三月者約經時成也或曰孫子戒心忿而亟攻之故權言以三月成器械三月起距堙其實不必三月也城尚不能下則又積土與城齊使士卒上之或觀其虛實或毀其樓櫓欲必取也土山曰堙楚子反乘堙而闚宋城是也器械言成者取其久而成就也距堙

言已者以其經時而畢上也皆不得已之謂將不勝其忿而蟻附之殺士三分之一而城不拔者此攻之災也曹操曰將忿不待攻城器而使士卒緣城而上如蟻之緣墻殺傷士卒也○李筌曰將怒而不待攻城而使士卒肉薄登城如蟻之所附墻爲木石所殺之者三有一焉而城不拔者此攻之災也○杜牧曰此言爲敵所辱不勝忿怒也後魏太武帝率十萬衆寇宋臧質于盱眙太武帝始就質求酒質封溲便與之太武大怒遂攻城乃命肉薄登城分番相代墜而復昇莫有退者屍與城平復殺其高梁王如此三旬死者過半太武聞彭城斷其歸路見疾疫甚衆乃解退傳曰一女乘城可敵十夫以此校之尚恐不啻○賈林曰但使人心外附士卒內離城乃自拔○杜佑曰守過二時敵人不服將不勝心之忿多使士卒蟻附其城殺傷我士民三分之一也言攻趣不拔還爲已害故韓非曰夫一戰不勝則過聲矣○何氏曰將心忿急使士卒如蟻緣而登死者過半城且不下其害也已○張預曰攻逾二時敵猶不服將心忿躁不能持久使

戰士蟻緣而登城則其士卒爲敵人所殺三中之一而堅城終不可拔茲攻城之害也已或曰將心忿速不俟六月之久而亟攻之則其害如此故善用兵者屈人之兵而非戰也李筌曰以計屈敵非戰之屈者晉將郭淮圍麴城蜀將姜維來救淮趨牛頭山斷維糧道及歸路維大震不戰而遁麴城遂降則不戰而屈之義也○杜牧曰周亞夫敵七國引兵東北壁昌邑以梁委吳使輕兵絕吳餉道吳梁相弊而食竭吳遁去因追擊大破之蜀將姜維使將勾安李韶守麴城魏將陳泰圍之姜維來救出自牛頭山與泰相對泰曰兵法貴在不戰而屈人今絕牛頭維無返道則我之擒也諸軍各守勿戰絕其還路維懼遁走安等遂降○梅堯臣曰戰則傷人○王晳曰若李左車說成安君請以奇兵三萬人扼韓信於井陘之策是也○何氏曰言伐謀伐交不至於戰故司馬法曰上謀不鬬其旨見矣○張預曰前所陳者庸將之爲耳善用兵者則不然或破其計或敗其交或絕其糧或斷其路則可不戰而服之若田穰苴明法令拊士卒燕晉聞之不戰而遁亦是也拔人之城而非

攻也李筌曰以計取之後漢鄭侯臧宮圍妖賊於原武連月不士卒疾癘東海王謂宮曰今擁兵圍必死之虜非計也宜圍開其生路而示之彼必逃散一亭長足擒也從之而拔原武魏攻壽關亦其義也○杜牧曰司馬文王圍諸葛誕於壽春議者多欲急攻之文王以誕城固衆多攻之力屈若有外救表裏受敵此至危之道也吾當以全策縻之可坐制也誕二年五月反三年二月破滅六軍按甲深溝高壘而誕自困十六國前燕將慕容恪率兵討段龕於廣固恪圍之諸將勸恪急攻之恪曰軍勢有緩而克敵有急而取之若彼我勢既均外有強援力足制之當羈縻守之以待其斃乃築室反耕嚴固圍壘終克廣固曾不血刃也○孟氏曰言以威刑服敵不攻而取若鄭伯肉袒以迎楚莊王之類○梅堯臣曰攻則傷財○王晳曰若唐太宗降薛仁杲是也○張預曰或攻其所必救使敵棄城而來援則設伏取之若耿弇攻臨淄而克西安脅巨里而斬費邑是也或外絕其強援以久持之坐俟其斃若楚師築室反耕以服宋是也茲皆不攻而拔城之義也

毀人之國而非久也曹操曰毀滅人國不久露師也○李筌曰以術毀人國不久而斃隋文問僕射高熲伐陳之策熲曰江外田收與中國不同伺彼農時我正暇豫徵兵掩襲彼釋農守禦俟其聚兵我便解退再三若此彼農事疲矣又南方地卑舍悉茅竹倉庫儲積悉依其間密使行人因風縱火俟其營立更為之行其謀陳始病也○杜牧曰因敵有可乘之勢不失其機如摧枯朽沛公入關晉降孫皓隋取陳氏皆不久之○賈林曰兵不可久久則生變但毀滅其國不傷殘於人若武王伐殷殷人稱為父母○杜佑曰若誅理暴逆毀滅敵國不暴師衆也○梅堯臣曰久則生變○王晳同梅堯臣註○何氏曰善攻者不以兵攻以計困之令其自拔令其自毀非勞久守而取之也○張預曰以順討逆以智伐愚師不久暴而敵國滅何假六月之稽乎

必以全爭於天下故兵不頓而利可全

此謀攻之法也曹操曰不與敵戰而必完全得之立勝於天下不頓兵血刃也○李筌曰以全勝之計爭天下是以不頓收利也○梅堯臣曰全爭者兵不戰城不攻毀不久皆以謀而屈敵是曰謀攻故不鈍兵利自完○張預曰不戰則士不

傷不攻則力不屈不久則財不費以完全立勝於天下故無
頓兵血刃之害而有國富兵強之利斯良將計攻之術也

故用兵之法十則圍之

曹操曰以十敵一則圍之是將智勇等而兵利鈍均也若主弱客強操所以倍兵圍下邳生擒呂布也○杜牧曰圍者謂四面壘合使敵不得逃逸凡圍四合必須去敵城稍遠占地既廣守備須嚴若非兵多則有闕漏故用兵有十倍也呂布敗是上下相疑侯成執陳宮委布降所以能擒非曹公兵力而能取之若上下相疑政令不一設使不圍自當潰叛何況圍之固須破滅孫子所言十則圍之是將勇智等而兵利鈍均不言敵人自有離叛曹公稱倍兵降布蓋非圍之力窮也此不可以訓也○李筌曰愚智勇怯等十倍於敵則圍之攻守殊勢也○杜佑曰以十敵一則圍之是為將智勇等而兵利鈍均也若主弱客勁不用十也曹公操所以倍兵圍下邳生擒呂布若敵壘固守依附險阻彼一我十乃可圍也敵雖盛所據不便未必十倍然後圍之○梅堯臣曰彼一我十可以圍○何氏曰圍者四面合兵以圍城而校量彼我兵勢將才愚智勇怯等而我十倍勝於敵人是以十對一可以圍之無令越逸也○張預曰吾之衆十倍於敵則四面圍合以取之是為將智勇等而兵利鈍均也若主弱客強不必十倍然後圍之尉繚子曰守法一而當十十而當百百而當千千而當萬言守者十人而當圍者百人與此法同

五則攻之

曹操曰以五敵一則三術為正一術為奇○李筌曰五則攻之攻守勢殊也○杜牧曰術猶道也言以五敵一則當取己三分為三道以攻敵之一面留己之二候其無備之處出奇而乘之西魏末梁州刺史宇文仲和據州不受代魏將獨孤信率兵討之仲和嬰城固守信夜令諸將以衝梯攻其東北信親帥將士襲其西南遂克之也○陳皞曰兵說五倍於敵自是我有餘力彼之勢分也豈止分為三道以攻敵此獨說攻城故下文云小敵之堅大敵之擒也○杜佑曰若敵并兵自守不與我戰彼一我五乃可攻戰也或無敵人內外之應未必五倍然後攻○梅堯臣同杜佑註○王晳曰謂十圍而取五則攻者皆勢力有餘不待其虛懈也此以下亦謂智勇利鈍均耳○何氏曰愚智勇恃等量我五倍多於敵人可以三分攻城二分出奇以取勝○張預曰吾之衆五倍於敵則當驚前掩後衝東擊西無五倍之衆則

不能爲此計曹公謂三術爲正二術爲奇不其然乎若敵無外援我有內應則不須五倍然後攻之

倍則分之

曹操曰以二敵一則一術爲正一術爲奇○李筌曰夫兵者倍於敵則分半爲奇我衆彼寡動而難制符堅至淝水不分而敗王僧辯至張公洲分而勝也○杜牧曰此言非也此言以二敵一則當取己之一或趣敵之要害或攻敵之必救使敵一分之中復須分減相救因以一分而擊之夫戰法非論衆寡每陳皆有奇正非待人衆然後能設奇項羽於烏江二十八騎尚不聚之猶設奇正循環相救況於其他哉○陳皥曰直言我倍於敵分兵趨其所必救即我倍中更倍以擊敵之中分也杜雖得之未盡其說也○杜佑曰己二敵一則一術爲正一術爲奇彼一我二不足爲變故疑兵分離其軍也故太公曰不能分移不可以語奇○梅堯臣曰彼一我二可分其勢○王晳曰謂分者分爲二軍使其腹背受敵則我得一倍之利也○何氏曰兵倍於敵則分半爲奇我衆彼寡足可分兵主客力均善戰者勝也○張預曰吾之衆一倍於敵則當分爲二部一以當其前一以衝其後彼應前則後擊之應後則前擊之茲所謂一術爲正一術爲奇也杜氏不曉兵分則爲奇聚則爲正而遠非曹公何誤也

敵則能戰之

曹操曰己與敵人衆等善者猶當設伏奇以勝之○李筌曰主客力敵惟善者戰○杜牧曰此說非也凡己與敵人兵衆多少智勇利鈍一旦相敵則可以戰夫伏兵之設或在敵前或在敵後或因深林叢薄或因晝夜昏晦或因隘阨山阪擊敵不備自名伏兵非奇兵也○陳皥曰已與敵人衆寡相等先爲奇兵可勝之計則戰之故下文云不若則能避之杜說奇伏得之也○梅堯臣曰勢力均則戰○王晳曰謂能有能感士卒心得其死戰耳若設奇伏以取勝是謂智優不在兵敵也○何氏曰敵言等敵也唯能者可以戰勝耳○張預曰彼我相敵則以正爲奇以奇爲正變化紛紜使敵莫測以與之戰茲所謂設奇伏以勝之也杜氏不曉凡置陳皆有揚奇備伏而云伏兵當在山林非也

少則能逃之

曹操曰高壁堅壘勿與戰也○李筌曰量力不如則堅壁不出挫其鋒待其氣懈而出奇擊之齊將田單守即墨燒牛尾即殺騎劫則其義也○杜牧曰兵不敵且避其鋒尚俟隙便奮決求勝言能者謂能忍忿受恥敵人求挑不出也不似曹咎汜水之戰也○陳

皡曰此說非也但敵人兵倍於我則宜避之以驕其志用爲後圖非謂忍忿受恥太宗辱宋老生以虜其衆豈是兵力不等也○賈林曰彼衆我寡逃匿兵形不令敵知當設奇伏以待之設詐以疑之亦取勝之道又一云逃匿兵形敵不知所備懼其變詐全軍亦逃○杜佑曰高壁壘勿與戰也彼之衆我之寡不可敵則當自逃守匿其形○梅堯臣曰彼衆我寡去而勿戰○王晳曰逃伏也謂能倚固逃伏以自守也傳曰師逃于夫人之宮或兵少而有以勝者蓋將優卒強耳○何氏曰兵少固壁觀變潛形見可則進○張預曰彼衆我寡宜逃去之勿與戰是亦爲將智勇等而兵利鈍均也若我治彼亂我奮彼怠則敵雖衆亦可以合戰若吳起以五百乘破秦五十萬衆謝玄以八千卒敗苻堅一百萬豈須逃之乎

不若則能避之

曹操曰引兵避之也○杜牧曰言不若者勢力交援俱不如也則須速去之不可遷延也如敵人守我要害發我津梁合圍於我則欲去不復得也○杜佑曰引兵備之強弱不敵勢不相若則引軍避待利而動○梅堯臣曰勢力不如則引而避○王晳曰將與兵俱不若遇敵攻必敗也○張預曰兵力謀勇皆劣於敵則當引而避之以伺其隙

故小敵之堅大敵之擒也

曹操曰小不能當大也○李筌曰小敵不量力而堅戰者必爲大敵所擒也漢都尉李陵以步卒五千之衆對十萬之軍而見殁匈奴也○杜牧曰言堅者將性堅忍不能逃不能避故爲大者之所擒也○孟氏曰小不能當大也言小國不量其力敢與大邦爲讎雖權時堅城固守然後必見擒獲春秋傳曰旣不能強又不能弱所以敗也○梅堯臣曰不逃不避雖堅亦擒○王晳註同梅堯臣○何氏曰如右將軍蘇建前將軍趙信將兵三千餘人與大將軍衛青分行獨逢單于兵數萬力戰一日漢兵且盡前將軍信胡人降爲翕侯匈奴誘之遂將其餘騎可八百餘奔降單于右將軍蘇建遂盡亡其軍獨以身得亡自歸大將軍問其正閎長史安議郎周霸等建爲云何霸曰自大將軍出未嘗斬一裨將今建棄軍可斬以明威重閎安曰不然兵法小敵之堅大敵之擒也今建獨以數千當單于數萬力戰一日餘士盡不敢有二心自歸而斬之是示後人無歸意也○張預曰小敵不度強弱而堅戰必爲大敵之所擒息侯屈於鄭伯李陵降於匈奴是也孟子曰小固不可以敵大弱固

不可以敵強寡國不可以敵衆夫將者國之輔也輔周則國必強曹操曰將周密謀不泄也○李筌曰輔猶助也將才足則兵必強○杜牧曰才周也○賈林曰國之強弱必在於將將輔於君而才周其國則強不輔於君內懷其貳則弱擇人授任不可不慎何氏曰周謂才智具也得才智周備之將國乃安強也輔隙則國必弱曹操曰形見於外也○李筌曰隙缺也將才不備兵必弱○杜牧曰才不周也○梅堯臣曰得賢則周備失士則隙缺○王晳曰周謂將賢則忠才兼備隙謂有所缺也○何氏曰言其才不可不周用事不可不周知也故將在軍必先知五事六行五權之用與夫九變四機之說然後可以內御士衆外料戰形苟昧於茲雖一日不可居三軍之上矣○張預曰將謀周密則敵不能窺故其國強微缺則乘釁而入故其國弱太公曰得士者昌失士者亡故君之所以患於軍者三梅堯臣曰患君之所不知○孟氏曰已下語是○張預曰下三事也不知軍之不可

以進而謂之進不知軍之不可以退而謂之退是謂縻軍曹操曰縻御也○李筌曰縻絆也不知進退者軍必敗如絆驥足無馳驟也楚將龍且逐韓信而敗是不知其進秦將符融揮軍少却而敗是不知其退○杜牧曰猶駕御縻絆使不自由也君國君也患於軍者為軍之患害也夫授鉞凶門推轂閫外之事將軍裁之如趙充國欲為屯田漢宣必令決戰孫晧臨滅賈充尚請班師此不知進退之謂也○賈林曰軍之進退將可臨時制變君命內御患莫大焉故太公曰國不可以從外治軍不可以從中御○杜佑曰縻御也縻為反君不知軍之形勢而欲從中御也○梅堯臣曰君不知進退之宜而專進退是縻繫其軍六韜所謂軍不可以從中御○王晳曰縻繫也去此患則當託以不御之權故必忠才兼備之臣為之將也○張預曰軍未可以進而必使之進軍未可以退而必使之退是謂縻絆其軍也故曰進退由內御則功難成不知三軍之事而同三軍之政者則軍士

惑矣曹操曰軍容不入國國容不入軍禮不可以治兵也○李筌
曰任將不以其人也燕將慕容評出軍所在因山泉賣樵水
貪鄙積貨爲三軍帥不知其政也○杜牧曰蓋謂禮度法令自有軍
法從事若使同於尋常治國之道則軍士生惑矣至如周亞夫見天
子不拜漢文知其勇不可犯魏尚守雲中上首級爲有司所劾馮唐
所以發憤也○杜佑曰夫治國尚禮義兵貴於權詐形勢各異教化
不同而君不知其變軍國一政以用治民則軍士疑惑不知所措故
兵經曰在國以信在軍以詐也○陳皞曰言不知三軍之事違衆沮
議左傳稱晉彘季不從軍師之謀而以偏師先進終爲楚之所敗也
○梅堯臣曰不知治軍之務而參其政則衆惑亂也曹公引司馬法
曰軍容不入國國容不入軍是也○何氏曰軍國異容所治各殊欲
以治國之法以治軍旅則軍旅惑亂○張預曰仁義可以治國而不
可以治軍權變可以治軍而不可以治國理然也虢公不修慈愛而
爲晉所滅晉侯不守四德而爲秦所克是不以仁義治國也齊侯不
射君子而敗於晉宋公不擒二毛而衄於楚是不以權變治軍也故
當仁義而用權譎則國必危晉虢是也當變詐而尚禮義則兵必敗

齊宋是也然則治國之道固不可以治軍也**不知三軍之權而同三軍之**
任則軍士疑矣曹操曰不得其人意也○杜牧曰謂將無權智不能銓度軍士各任所長而雷同使之不
盡其材則三軍生疑矣黃石公曰善任人者使智使勇使貪使愚智
者樂立其功勇者好行其志貪者邀趨其利愚者不顧其死○陳皞
曰將在軍權不專制任不自由三軍之士自然疑也○杜佑曰不得
其人也君之任將當精擇焉將若不知權變不可付以勢位苟授非
其人則舉措失所軍覆敗也若趙不用廣武君而用成安君○梅堯
臣曰不知權謀之道而參其任用則衆疑貳也○王皙曰政也權也
使不知者同之則動有違異必相牽制也是則軍衆疑惑矣裴度所
以奏去監軍平蔡州也此皆由君上不能專任賢將則使同之故通
謂之三患○何氏曰不知用兵權謀之人用之爲將則軍不治而士
疑○張預曰軍吏中有不知兵家權謀之人而使同居將帥之任則
政令不一而軍疑矣若邲之戰中軍帥荀林父欲還裨將先縠不從
爲楚所敗是也近世以中官監軍其患正如此高崇文伐蜀因罷之

遂能成功三軍既惑且疑則諸侯之難至矣是謂亂軍引勝曹操曰引奪也○李筌曰引奪也兵之權道也不可謬而使處趙上卿藺相如言趙括徒能讀其父書然未知合變王令以名使括如膠柱鼓瑟此則不如三軍之權而同三軍之任趙王不從果有長平之敗諸侯之難至也○杜牧曰言我軍疑惑自致擾亂如引敵人使勝我也○孟氏曰三軍之衆疑其所任惑其所爲則鄰國諸侯因其乖錯作難而至也太公曰疑志不可以應敵○梅堯臣曰君徒知制其將不能用其人而乃同其政任俾衆疑惑故諸侯之難作是自亂其軍自去其勝○王皙曰引諸侯勝已也○何氏曰士疑惑而無畏則亂故敵國得以乘我隙釁而至矣○張預曰軍士疑惑未肯用命則諸侯之兵乘隙而至是自潰其軍自奪其勝也

故知勝有五李筌曰謂下五事也○張預曰下五事也知可以戰與不可以戰者勝李筌曰料人事逆順然後以太一遁甲筭三門遇奇五將無關格迫脅主客之計者必勝也○杜牧曰下文所謂知彼知己是也○孟氏曰能料知敵情審其虛實者勝也○梅堯臣曰知可不可之宜○王皙曰可則進否則止保勝之道也○何氏曰審己與敵○張預曰可戰則進攻不可戰則退守能審攻守之宜則無不勝識衆寡之用者勝李筌曰量力也○杜牧曰先知敵之衆寡然後起兵以應之如王翦伐荆曰非六十萬不可是也○杜佑曰言兵之形有衆而不可擊寡或可以弱制強而能變之者勝也故春秋傳曰師克在和不在衆是也○梅堯臣曰量力而動○王皙曰謂我對敵兵之衆寡圍攻分戰是也○張預曰用兵之法有以少而勝衆者有以多而勝寡者在乎度其所用而不失其宜則善如吳子所謂用衆者務易用少者務隘是也上下同欲者勝曹操曰君臣同欲○李筌曰觀士卒心上下同欲如報私仇者勝○陳皥曰言上下共同其利欲則三軍無怨敵可勝也傳曰以欲從人則可以人從欲鮮濟也○杜佑曰言君臣和同勇而戰者勝故孟子曰天時不如地利地利不如人和○梅堯臣曰心齊一也○王皙曰上下一心若先穀剛愎以取敗呂布違異以致亡皆上下不同欲之

所欲○何氏曰書云受有億兆夷人離心離德予有亂臣十人同心
同德商滅而周興○張預曰百將一心三軍同力人人欲戰則所向
無前矣
以虞待不虞者勝 李筌杜牧曰有備預也○孟氏曰虞度也左傳曰不備不虞不可以
師待敵之可勝也○陳皞曰謂先爲不可勝之師待敵之可勝也○
杜佑曰虞度也以我有法度之師擊彼無法度之兵○梅堯臣曰慎
備非常○王晳曰以我之虞待敵之不虞也○何氏曰春秋時城濮
之役晉無楚備以敗於邲邲之役楚無晉備以敗於鄢自鄢巳來晉
不失備而加之以禮重之以睦是以楚弗能加晉又周末荆人伐陳
吳救之軍行三十里雨十日夜不見星左史倚相謂大將子期曰雨
十日夜甲輯兵聚吳人必至不如備之乃爲陳而吳人至見荆有備
而反左史曰其反覆六十里其君子休小人爲食我行三十里擊之
必克從之遂破吳軍魏大將軍南征吳到積湖魏將滿寵帥諸軍在
前與敵隔水相對寵令諸將曰今夕風甚猛賊必來燒營宜豫爲之
備諸軍皆警夜半賊果遣十部來燒營寵掩擊破之又春秋衛人以
燕師伐鄭鄭祭足原繁洩駕以三軍軍其前使曼伯與子元潛軍軍

其後燕人畏鄭三軍而不虞制人六月鄭二公子以制人敗燕師于
北制君子曰不備不虞不可以師又楚子重自陳伐莒圍渠丘渠丘
城惡衆潰奔莒楚入渠丘莒人囚楚公子平楚人曰勿殺吾歸而俘
莒人殺之楚師圍莒莒城亦惡庚申莒潰楚遂入鄆莒無備故也君
子曰恃陋而不備罪之大者也備豫不虞善之大者也莒恃其陋而
不修城郭浹辰之間而楚克其三都無備也夫○張預曰常爲不可
服以待敵故吳起曰出門如見敵士季曰有備不敗
將能而君不御者勝 曹操曰司馬法曰進
退惟時無曰寡人也○李筌曰將在外君命有所不受者勝眞將軍
也吳伐楚吳公子光弟夫槩王至請擊楚子常不許夫槩曰所謂見
義而行不待命也今日我死楚可入也以其屬五千先擊子常敗之
審此則將能而君不能御也晉宣帝拒諸葛亮於五丈原天子使辛毗
仗節軍門曰敢問戰者斬亮聞笑曰苟能制吾豈千里請戰假言天
子不許示武於衆此是不能之將○杜牧曰尉繚子曰夫將者上不
制乎天下不制乎地中不制乎人故兵者凶器也將者死官也○杜
佑曰將既精能曉練兵勢君能專任事不從中御故王子曰指授在

君決戰在將也○梅堯臣曰自閫以外將軍制之○王晳曰君將者不能絕疑忌耳若賢明之主必能知人固當委任以責成效轂授鉞是其義也攻戰之事一以專之不從中御所以一威且盡其才也況臨敵乘機間不容髮安可遙制之乎○何氏曰古者遣將於太廟親操鉞持其首授其柄曰從此以上至天者將軍制之乃復操柄授與刃曰從是以下至淵者將軍制之故李牧之為趙將居邊軍市之租皆自用饗士賞賜決於外不從中御也周亞夫之軍細柳軍中唯聞將軍之命不聞天子之詔也蓋用兵之法一步百變見可則進知難而退而曰有王命焉是白大人以救火也未及反命而煨燼久矣曰有監軍焉是作舍道邊也謀無適從而終不可成矣故御能將而責平猾虜者如絆韓盧而求獲狡兎者又何異焉○張預曰將有智勇之能則當任以責成功不可從中御也故曰閫外之事將軍裁之

此五者知勝之道也曹操曰此上五事也**故曰知彼知己者百戰不殆**李筌曰量力而拒敵有何危殆乎○杜牧曰以我之政料敵之政以我之將料敵之將以我之衆料敵之衆以我之食料敵之食以我之地料敵之地校量已定優劣短長皆先見之然後兵起故有百戰百勝也○孟氏曰審知彼己強弱利害之勢雖百戰實無危殆也○梅堯臣曰彼己五者盡知之故無敗○王晳曰殆危也謂校盡彼我之情知勝而後戰則百戰不危○張預曰知彼知己者攻守之謂也知彼則可以攻知己則可以守攻是守之機守是攻之策苟能知之雖百戰不危也或曰士會察楚師之不可敵陳平料劉項之長短是知彼知己也

不知彼而知己一勝一負李筌曰自以己強而不料敵則勝負未定秦主符堅以百萬之衆南伐或謂曰彼有人焉謝安桓沖江表偉才不可輕之堅曰我以八州之衆士馬百萬投鞭可斷江水何難之有後果敗績則其義也○杜牧曰恃我之強不知敵不可伐者一勝一負王猛將終諫符堅曰晉氏雖在江表而正朔所禀謝安桓沖江表偉人不可伐也及堅南伐曰吾士馬百萬投鞭可濟遂有淝水之敗也○陳皞曰杜說乃是出兵無名而伐無罪所以敗也非一勝一負之義○杜佑曰雖不知敵之形勢恃己能克之者勝負各半○梅堯臣曰自知己者勝負半也

王晳曰但能計己不知敵之強弱則或勝或負○張預曰唐太宗曰今之將臣雖未能知彼苟能知己則安有不利乎所謂知己者守吾氣而有待焉者也故知守而不知攻則勝負之半

不知彼不知己每戰必殆

李筌曰是謂狂寇不敗何待也○杜佑曰外不料敵內不知己用戰必殆○梅堯臣曰一不知何以勝○王晳曰全昧於計也○張預曰攻守之術皆不知以戰則敗

形篇

曹操曰軍之形也我動彼應兩敵相察情也○李筌曰形謂主客攻守八陳五營陰陽向背之形○杜牧曰因形見情無形者情密有形者情疏密則勝疏則敗也○王晳曰形者定形也謂兩敵強弱有定形也善用兵者能變化其形因敵以制勝○張預曰兩軍攻守之形也隱於中則人不可得而知見於外則敵乘隙而至形因攻守而顯故次謀攻

孫子曰昔之善戰者先為不可勝

張預曰所謂知己者也

以待敵之可勝

梅堯臣曰藏形內治伺其虛懈○張預曰所謂知彼者也

不可勝在己可勝在敵

曹操曰自修理以待敵之虛懈也○李筌曰夫善用兵者守則深壁多具軍食善其教練攻其城則尚橦棚雲梯土山地道陳則在山川丘陵背孤向虛從疑擊閒善戰者犄角勢連首尾相應者為不可勝也夫善戰者能為不可勝不能使敵之必可勝故曰勝可知而不可為不可勝者守也可勝者攻也此數者以為可勝也○杜牧曰自整軍事長有待敵之備閉跡藏形使敵人不能測度因伺敵人有可乘之便然後出而攻之○杜佑曰先咨之廟堂慮其危難然後高壘深溝使兵練習以此守備之故待敵之闕則可勝之言制敵在外故自修理以候敵之虛懈已見敵有闕漏之形然後可勝○王晳曰不可勝者修道保法也可勝者有所隙耳○張預曰守之故在己攻之故在彼

故善戰者能為不可勝

杜牧曰不可勝

者上文註解所謂修整軍事閑形藏跡是也此事在已故曰能爲○張預曰藏形晦跡居常嚴備則已能焉**不能使**

敵之可勝杜牧曰敵若無形可窺無虛懈可乘則我雖操可勝之具亦安能取勝敵乎○賈林曰敵有智謀深爲已備不能強令不已備○杜佑曰在已故練兵士策與道合深爲備者亦不可強勝之○梅堯臣曰在已故能爲在敵故無必○王晳曰在敵不在我也○張預曰若敵強弱之形不顯於外則我豈能必勝於彼

故曰勝可知曹操曰見成形也○杜牧曰知者但能知已之力可以勝敵也○陳皞曰取勝於形勝可知也

而不可爲曹操曰敵有備故也○杜牧曰言我不能使敵人虛懈爲我可勝之資○賈林曰敵若隱而無形不可強爲勝敗○杜佑曰敵有備也已料敵見敵形者則勝負可知若敵密而無形亦不可強使爲敗故范蠡曰時不至不可強生事不究不可強成○梅堯臣曰敵有闕則可知敵無闕則不可爲○何氏曰可知之勝在我我有備也不可爲之勝在敵敵無形也○張預曰已有備則勝可知敵有備則不可爲

不可勝者守也曹操曰藏形也○杜牧曰言未見敵人有可勝之形已則藏形爲不可勝之備以自守也○杜佑曰藏形也若未見其形彼衆我寡則自守也○梅堯臣曰且有待也○何氏曰未見敵人形勢虛實有可勝之理則宜固守○張預曰知已未可以勝則守其氣而待之

可勝者攻也曹操曰敵攻已乃可勝○李筌曰夫善用兵者守則高壘堅壁也攻則橦棚雲梯土山地道陳左川澤右丘陵背孤向虛從疑擊間識辨五令以節衆勢連首尾相應者爲不可勝也無此數者以爲可勝也○杜牧曰敵人有可勝之形則當出而攻之○杜佑曰敵攻已乃可勝也已見其形彼寡我衆則可攻○梅堯臣曰見其闕也○王晳曰守者以於勝不足攻者以於勝有餘○張預曰知彼有可勝之理則攻其心而取之

守則不足攻則有餘曹操曰吾所以守者力不足也所以攻者力有餘也○李筌曰力不足者可以守力有餘者可以攻也○梅堯臣曰守則知力不足攻則知力有餘○張預曰吾所以守者謂取勝之道有所不足故且待之吾所以攻者謂勝敵之事已有其餘故出擊之言非百勝不戰非萬全不

闞也後人謂不足爲弱有餘爲強者非也善守者藏於九地之下善攻者
動於九天之上故能自保而全勝也曹操曰因山川丘陵
之固者藏於九地之下因天時之變者動於九天之上○李筌曰天
一遁甲經云九天之上可以陳兵九地之下可以伏藏常以直符加
時干後一所臨宮爲九天後二所臨宮爲九地地者靜而利藏天者
運而利動故魏武不明二遁以九地爲山川九天爲天時也夫以天
一太一之遁幽微知而用之故全也經云之三避五魁然獨處能知
三五横行天下以此法出不拘諸咎則其義也○杜牧曰守者韜聲
滅跡幽比鬼神在於地下不可得而見之攻者勢迅聲烈疾若雷電
如來天上不可得而備也九者高深數之極○陳皞曰春三月寅功
曹爲九天之上申傳送爲九地之下夏三月午勝先爲九天之上子
神后爲九地之下秋三月申傳送爲九天之上寅功曹爲九地之下
冬三月子神后爲九天之上午勝先爲九地之下也○杜佑曰善守
備者務因其山川之阻丘陵之固使不知所攻言其深密藏於九地

之下善攻者務因天時地利水火之變使敵不知所備言其雷震發
動若於九天之上也○梅堯臣曰九地言深不可知九天言高不可
測蓋守備密而攻取迅也○王晳曰守者爲未見可攻之利當潛藏
其形沉靜幽默不使敵人窺測之也攻者爲見可攻之利當高遠神
速乘其不意懼敵人覺我而爲之備也九者極言之耳○何氏曰九
地九天言其深微尉繚子曰治兵者若祕於地若邃於天言其祕密
邃遠之甚也後漢涼州賊王國圍陳倉左將軍皇甫嵩督前軍董卓
救之卓欲速進赴陳倉嵩不聽卓曰智者不後時勇者不留決速救
則城全不救則城滅全滅之勢在於此也嵩曰不然百戰百勝不如
不戰而屈人之兵是以先爲不可勝以待敵之可勝不可勝在我可
勝在彼彼守不足我攻有餘有餘者動於九天之上不足者陷於九
地之下今陳倉雖小城守固備非九地之陷也王國雖強而攻我之
所不救非九天之勢也夫勢非九天攻者受害陷非九地守者不拔
國今已陷受害之地而陳倉保不拔之城我可不煩兵動衆而取全
勝之功將何救焉遂不聽王國圍陳倉自冬迄春八十餘日城堅守
固竟不能拔賊衆疲弊果自解去○張預曰藏於九地之下喻幽而

不可知也動於九天之上喻來而不可備也尉繚子曰若祕於地若邃於天是也守則固是自保也攻則取是全勝也

見勝不過衆人之所知非善之善者也

曹操曰當見未萌○李筌曰知不出衆知非善也韓信破趙未餐而出井陘曰破趙會食時諸將嚛然佯應曰諾乃背水陳趙乘壁望見皆大笑言漢將不便兵也乃破趙食斬成安君此則衆所不知也○杜牧曰衆人之所見破軍殺將然後知勝我之所見廟堂之上罇俎之閒已知勝負者矣○賈林曰守必固攻必克能自保全而常不失勝見未然之勝善知將然之敗謂實微妙通玄非衆人之所見也○孟氏曰當見未萌言兩軍已交雖料見勝負策不能過絕於人但見近形非遠太公曰智與衆同非國師也○梅堯臣曰人所見而見故非善○王晳曰衆常之人見所以勝而不知制勝之形○張預曰衆人所知已成已著也我之所見未形未萌也

戰勝而天下曰善非善之善者也

曹操曰爭鋒也○李筌曰爭鋒力戰天下易見故非善也○杜牧曰天下猶上

文言衆也言天下人皆稱戰勝者故破軍殺將者也我之善者陰謀潛運攻必伐謀勝敵之日曾不血刃○陳皥曰潛運其智專伐其謀未戰而屈人之兵乃是善之善者也○梅堯臣曰見不過衆戰雖勝天下稱之猶不曰善○王晳曰以謀屈人則善矣○張預曰戰而後能勝衆人稱之曰善是有智名勇功也故云非善若見微察隱取勝於無形則眞善者也

故舉秋毫不爲多力見日月不爲明目聞雷霆不爲聰耳

曹操曰易見聞也○李筌曰易見聞也以爲攻戰勝而天下不曰善也夫智能之將人所莫測爲之深謀故孫武曰難知如陰也○王晳曰衆人之所知不爲智力戰而勝人不爲善○何氏曰此言衆人之所見所聞不足爲異也昔烏獲舉千鈞之鼎爲力離朱百步覩纖芥之物爲明師曠聽蚊行蟻步爲聰也兵之成形而見之誰不能也故勝於未形乃爲知兵矣○張預曰人皆能也引此以喻衆人之見勝也秋毫謂兎毛至秋而勁細言至輕也

古之所謂善戰者勝於易勝者也

曹操曰原微易勝攻其可勝不攻其不可勝也○杜牧曰敵人之謀初有萌兆我則潛運以能攻之用力既少制勝既微故曰易勝也○梅堯臣曰力舉秋毫明見日月聰聞雷霆不出衆人之所能也故勝於著則勝於艱見於微則勝於易○何氏曰言敵人之謀初有萌兆我則潛運已能攻之用力既少制敵甚微故曰易勝也○張預曰交鋒接刃而後能制敵者是其勝難也見微察隱而破於未形者是其勝易也故善戰者常攻其易勝而不攻其難勝也

故善戰者之勝也無智名無勇功

曹操曰敵兵形未成勝之無赫赫之功也○李筌曰勝敵而天下不知何智名之有○杜牧曰勝於未萌天下不知故無智名曾不血刃敵國已服故無勇功也○梅堯臣曰大智不彰大功不揚見微勝易何勇何智○何氏曰患銷未形人誰稱智不戰而服人誰言勇漢之子房唐之裴度能之○張預曰陰謀潛運取勝於無形天下不聞料敵制勝之智不見搴旗斬將之功若留侯未嘗有戰鬬功是也

故其戰勝不忒

李筌曰百戰百勝有何疑貳也此筌以忒字爲貳也○陳皞曰籌不虛運策不徒發○張預曰力戰而求勝雖善者亦有敗時既見於未形察於未成則百戰百勝而無一差忒矣

不忒者其所措必勝勝已敗者也

曹操曰察敵必可敗不差忒也○李筌曰置勝於已敗之師何忒焉師老卒惰法令不一謂已敗也○杜牧曰措猶置也忒差忒也我能置勝不忒者何也蓋先見敵人已敗之形然後攻之故能致必勝之功不差忒也○賈林曰讀措爲錯錯雜也取敵之勝理非一途故雜而料之也常於勝未形已見敵之敗○梅堯臣曰睹其可敗勝則不差○何氏曰善料也○張預曰所以能勝而不差者蓋察知敵人有必可敗之形然後措兵以能之云耳

故善戰者立於不敗之地而不失敵之敗也

李筌曰兵得地者昌失地者亡地者要害之地秦軍敗趙先據北山者勝宋師伐燕過大峴而勝皆得其地也○杜牧曰不敗之地者爲不可勝之計使敵人必不能敗我也不失敵人之敗者言窺伺敵人可敗之形不失毫髮也○陳皞註同李筌○杜佑註同杜牧○梅堯臣曰善候敵隙我則常勝

○王晳曰常爲不可勝待敵可勝不失其機○何氏曰自恃有備無患常伺敵隙則勝之不失也立於不敗之地利也言我常爲勝敵○張預曰審吾法令明吾賞罰便吾器用養吾武勇是立於不敗之地也我有節制則彼將自衂是不失敵之敗也

是故勝兵先勝而後求戰敗兵先戰而後求勝

曹操曰有謀與無慮也○李筌曰計與不計也是以薛公知黥布之必敗田豐知魏武之必勝是其義也○杜牧曰管子曰天時地利其數多少其要必出於計數故凡攻伐之道計必先定於內然後兵出乎境不明敵人之政不能加也不明敵人之積不能約也不明敵人之將不見先軍不明敵人之士不見先陳故以衆擊寡以理擊亂以富擊貧以能擊不能以教士練卒擊敺衆白徒故能百戰百勝此則先勝而後求戰之義也衛公李靖曰夫將之上務在於明察而衆和謀深而慮遠審於天時稽乎人理若不料其能不達權變及臨機對敵方始趑趄左顧右盼計無所出信任過說一彼一此進退狐疑部伍狼藉何異趣蒼生而赴湯火驅牛羊而啗狼虎者乎此則先戰而後求勝之義也

○賈林曰不知彼我之情陳兵輕進意雖求勝而終自敗也○梅堯臣曰可勝而戰戰則勝矣未見可勝勝可得乎○何氏曰凡用兵先定必勝之計而後出軍若不先謀唯欲恃強勝未必也○張預曰計謀先勝然後興師故以戰則克尉繚子曰兵不必勝不可以言戰攻不必拔不可以言攻謂危事不可輕舉也又曰兵貴先勝於此則勝彼矣弗勝於此則弗勝彼矣此之謂也若趙充國常先計而後戰亦是也不謀而進欲幸其成功故以戰則敗

善用兵者修道而保法故能爲勝敗之政

曹操曰善用兵者先自修治爲不可勝之道保法度不失敵之敗亂也○李筌曰以順討逆不伐無罪之國軍至無虜掠不伐樹木汚井竈所過山川城社陵祠必滌而除之不習亡國之事謂之道法也軍嚴肅有死無犯賞罰信義立將若此者能勝敵之敗政也○杜牧曰道者仁義也法者法制也善用兵者先修理仁義保守法制自爲不可勝之政伺敵有可敗之隙則攻能勝之○賈林曰常修用兵之勝道保賞罰之法度如此則常爲勝不能則敗故曰勝敗之政也○梅堯臣曰攻守自修法令自保夜義而

已○王晳曰法者下之五事也○張預曰修治爲戰之道保守制敵之法故能必勝或曰先修飾道義以和其衆後保守法令以戢其下使民愛而畏之然後能爲勝敗

兵法一曰度賈林曰度土地也○王晳曰丈尺也**二曰量**賈林曰量人力多少倉廩虛實○王晳曰斗斛也**三曰數**賈林曰筭數也以數推之則衆寡可知虛實可見○王晳曰百千也**四曰稱**賈林曰既知衆寡兼知彼我之德業輕重才能之長短○王晳曰權衡也**五曰勝**曹操曰勝敗之政用兵之法當以此五事稱量知敵之情○張預曰此言安營布陳之法也李衛公曰數士猶布棊於盤若無畫路棊安用之

地生度曹操曰因地形勢而度之○李筌曰既度有情則量敵而衡之○杜牧曰度者計也言度我國土大小人戶多少征賦所入兵車所籍山河險易道里迂直自度此事與敵人如何然後起兵夫小不能謀大弱不能擊強近不能襲遠夷不能攻險此皆生於地故先度也○梅堯臣曰因地以度軍勢○王晳曰地人所履也舉兵攻戰先本於地由地故生度度所以度長短知遠近

地凡行軍臨敵先須知遠近之計○何氏曰地者遠近險易也度計也未出軍先計敵國之險易道路迂直兵甲孰多勇怯孰是計度可伐然後興師動衆可以成功

度生量杜牧曰量者酌量也言度地已熟然後能酌量彼我之強弱也○梅堯臣曰因度地以量敵情○王晳曰謂量有大小言既知遠近之計則須更量其敵之大小也○何氏曰量酌彼已之形勢

量生數曹操曰知其遠近廣狹知其人數也○李筌曰量敵遠近強弱須備士卒軍資之數而勝也○杜牧曰數者機數也言強弱已定然後能用機變數也○賈林曰量地遠近廣狹則知敵人人數多少也○梅堯臣曰因量以得衆寡之數○王晳曰數所以紀多少言既知敵之大小則更計其精粗多少之數曹公曰知其人數○何氏曰數機變也先酌量彼我強弱利害然後爲機數○張預曰地有遠近廣狹之形必先度知之然後量其容人多少之數也

數生稱曹操曰稱量敵孰愈也○李筌曰分數既定賢智之多少得賢者重失賢者輕如韓信之論楚漢也須知輕重別賢愚而稱之錙銖則強○杜牧曰稱校也機權之數已行然後可以稱校彼

我之勝負也○梅堯臣曰因數以權輕重○王晳曰稱所以知重輕喻強弱之形勢也能盡知遠近之計大小之衆多少之數以與敵相形則知重輕所在○何氏同杜牧註

稱生勝

曹操曰稱量之數知其勝負所在○李筌曰稱知輕重勝敗之數可知也○杜牧曰稱校既熟我勝敵敗分明見也○梅堯臣曰因輕重以知勝負○王晳曰重勝輕也○陳皞杜佑李筌同杜牧上五事註○何氏曰上五事未戰先計必勝之法故孫子引古法以蹠勝則之要也○張預曰稱宜也地形與人數相稱則蹠審得宜故可勝也尉繚子曰無過在於度數度謂尺寸數謂什伍度以量地數以量兵地與兵相稱則勝五者皆因地形而得故自地而生之也李靖五陣隨地形而變是也

故勝兵若以鎰稱銖

梅堯臣曰力易舉也

敗兵若以銖稱鎰

曹操曰輕不能舉重也○李筌曰二十兩爲鎰銖之於鎰輕重異位勝敗之數亦復如之○梅堯臣曰力難制也○王晳曰言銖鎰者以明輕重之至也○張預曰二十兩爲鎰二十四銖爲兩此言有制之兵對無制之兵輕重不侔也

勝者之戰民也若決積水於千仞之谿者形也

曹操曰八尺曰仞決水千仞其高勢疾也○李筌曰八尺曰仞言其勢也杜預伐吳言兵如破竹數節之後皆迎刃自解則其義也○杜牧曰夫積水在千仞之谿不可測量如我之守不見形也及決水下湍悍奔注如我之攻不可禦也○梅堯臣曰水決千仞之谿莫測其迅兵動九天之上莫見其跡此軍之形也○王晳曰千仞之谿至隋絕也喻不可勝對可勝之形乘機攻之決水是也○張預曰水之性避高而趨下決之赴深谿固湍浚而莫之禦也兵之形象水乘敵之不備掩敵之不意避實而擊虛亦莫之制也或曰千仞之谿謂不測之淵人莫能量其淺深及決而下之則其勢莫之能禦如善守者匿形晦跡藏於○九地之下敵莫能測其強弱及乘虛而出則其鋒莫之能當也